もしも病院《びょういん》に犬《いぬ》がいたら

ハンドラーの森田優子《もりたゆうこ》さんと
ファシリティドッグのベイリー。

「ベイリー、みんなが
待《ま》っているよ。」

写真：山口規子

写真：山口規子

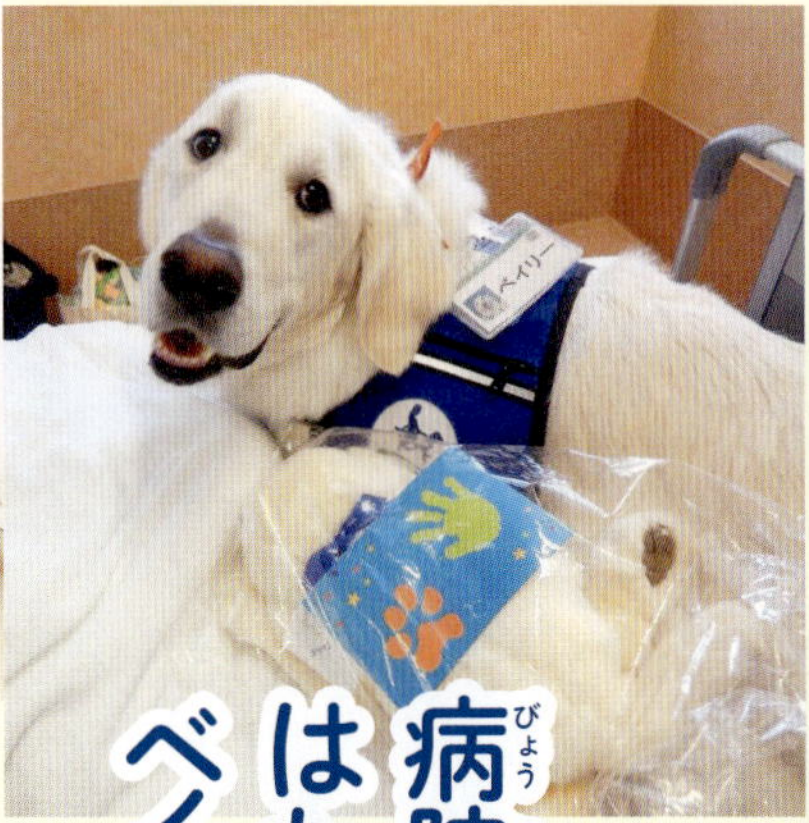

病院《びょういん》ではたらくベイリー

森田《もりた》さんといっしょに、毎日《まいにち》、
病院《びょういん》に通《かよ》うベイリー。
今日《きょう》もいっぱい応援《おうえん》しようね。

「ベイリー、こっちきて！」

ベイリーはこどもたちの人気者《にんきもの》。

病棟《びょうとう》で、こどもたちにさわってもらったり、検査《けんさ》やリハビリ訓練《くんれん》につきそったり。ベイリーといっしょならがんばれるという子《こ》がたくさんいる。

日本《にっぽん》へ来《く》る前《まえ》のベイリー

しんけんな顔《かお》つきで訓練《くんれん》をうけるベイリー。「待《ま》て。」といわれたら、おいしそうなドッグフードを見《み》せられてもじっとがまん。

子犬《こいぬ》のころからおっとりとした性格《せいかく》でファシリティドッグに選《えら》ばれた。

ベイリー年表《ねんぴょう》

◎2007年《ねん》　オーストラリア生《う》まれ

◎2008年《ねん》　ハワイの訓練施設《くんれんしせつ》、ADH《エーディーエイチ》へ

◎2009年《ねん》　日本《にっぽん》にやってくる

優子《ゆうこ》さんを信頼《しんらい》しきって、ブラッシングされるとこんな表情《ひょうじょう》に。

病院《びょういん》のそとのベイリー

オンとオフ。
仕事《しごと》をはなれると、
甘《あま》えん坊《ぼう》な
がんこちゃんに大変身《だいへんしん》。

どこに行《い》くにも、いつもいっしょ。ベイリーは優子《ゆうこ》さんのそばが大好《だいす》き。

毎朝《まいあさ》の歯《は》みがき。チキン味《あじ》のする
歯《は》みがきペーストがお気《き》にいり。

また明日《あした》も、がんばろうね。

もしも病《びょう》院《いん》に犬《いぬ》がいたら

こども病《びょう》院《いん》ではたらく犬《いぬ》、ベイリー

岩《いわ》貞《さだ》るみこ／作《さく》

講談社 青い鳥文庫

もしも病院《びょういん》に犬《いぬ》がいたら

もくじ

プロローグ

朝《あさ》の光《ひかり》がさしこむ、病院《びょういん》。

総務課《そうむか》の職員《しょくいん》たちの机《つくえ》のあいだを、白《しろ》いゴールデンレトリバーが、まるで、自分《じぶん》の家《いえ》のように、楽《たの》しそうに歩《ある》きまわっている。

「ベイリー！」

「ベイリー、おはよう！」

あちこちから、声《こえ》がかかる。

ベイリーは、その声《こえ》にこたえるように、近《ちか》づいていってあいさつをする。

しばらくすると、奥《おく》の部屋《へや》へとつづくろうかに、ふせをして待《ま》ちはじめる。

ここで待《ま》っていれば、大好《だいす》きな院長《いんちょう》と副院長《ふくいんちょう》がきたとき、すぐに会《あ》えるからだ。

ベイリーのお気《き》にいりの場所《ばしょ》。

大好《だいす》きな、病院《びょういん》のなか。
わたしは、ベイリーの青《あお》いベストをもってそばにいく。
「ベイリー。そろそろいくよ。」
ベイリーが、わたしのほうをむいて、さっと立《た》ちあがる。
病棟《びょうとう》で、こどもたちが待《ま》っているよ。
さあ、みんなを笑顔《えがお》にしにいこう。

1 看護師《かんごし》へのあこがれ

やさしい看護師《かんごし》さんに、なりたい。

高校生《こうこうせい》のときに看護師《かんごし》になると決《き》めて、わたしは、大学《だいがく》の看護学科《かんごがっか》に進《すす》んだ。

病院実習《びょういんじっしゅう》の授業《じゅぎょう》では、出産《しゅっさん》にたちあったり、患者《かんじゃ》さんのお風呂《ふろ》をてつだったり、手術《しゅじゅつ》の見学《けんがく》をしたり。

ほんとうの看護師《かんごし》の仕事《しごと》を見《み》たり、体験《たいけん》したりする。

いろいろな病棟《びょうとう》をまわったけれど、こどもたちの病棟《びょうとう》を担当《たんとう》したときは楽《たの》しかった。

声《こえ》をかけると、笑《わら》ってくれる。

どういうふうに声《こえ》をかけると、もっと笑《わら》ってくれるのか考《かんが》えるのが楽《たの》しくなってくる。

病院《びょういん》で出《だ》されたごはんを食《た》べない子《こ》も、おにぎりにしてあげると食《た》べる。

点滴《てんてき》の針《はり》をさした手《て》の甲《こう》にはる大《おお》きなテープの上《うえ》に、アニメのキャラクターを描《か》いてあげると、点滴《てんてき》をいやがらなくなる。

ちょっとくふうをするだけで、すぐにやる気《き》になってくれる。

こどもの看護《かんご》は、やりがいがあった。

こどもたちの担当《たんとう》になりたいな。

看護師《かんごし》になったら、いろんなことをしてあげたい。

「優子《ゆうこ》さんが担当《たんとう》するこどもたちは、みんな楽《たの》しそうね。」

そんなふうに、いってもらえるといいな。

入院《にゅういん》しているこどもたちが、自分《じぶん》の家《いえ》にいるときのように、自然《しぜん》に笑《わら》ってすごせるようになるといい。

わたしは期待《きたい》に胸《むね》をふくらませて、東京《とうきょう》にあるこども病院《びょういん》の看護師《かんごし》になった。

こども病院《びょういん》は、こども専門《せんもん》の病院《びょういん》のこと。

患者《かんじゃ》はみんな、こどもだけだから、ぜったいこどもの担当《たんとう》になれる。

だけど、はたらきはじめると、看護師《かんごし》の仕事《しごと》は、わたしが思《おも》っていたのとはぜんぜんちがっていた。

とにかく、いそがしい。

体温《たいおん》をはかる。薬《くすり》を飲《の》ませる。点滴《てんてき》をとりかえる。

手術《しゅじゅつ》の準備《じゅんび》をして、それがすんだら、また次《つぎ》のこどもを手術室《しゅじゅつしつ》につれていく準備《じゅんび》をする。

毎日《まいにち》、毎日《まいにち》、やることがたくさんで、やってもやっても、次《つぎ》の仕事《しごと》が待《ま》っている。

こどもたちと話《はな》すときも、必要《ひつよう》なことを伝《つた》えるだけでせいいっぱい。

手術室《しゅじゅつしつ》にこどもをつれていくときは、となりでその子《こ》のお母《かあ》さんが、心配《しんぱい》そうな顔《かお》をしてわたしのほうを見《み》つめている。

不安《ふあん》なんだろうな。話《はなし》をきいて不安《ふあん》をとりのぞいてあげたい。

そう思《おも》っても、手術《しゅじゅつ》はもうはじまる。話《はなし》をしている時間《じかん》なんてないから、お母《かあ》さんの視《し》線《せん》には気《き》がつかないふりをしてしまう。

手術室《しゅじゅつしつ》にむかいながら、こんなはずじゃないって、なんども思《おも》った。

もっともっと、患者《かんじゃ》さんやお母《かあ》さんのきもちによりそってあげたいのに。

注射《ちゅうしゃ》や薬《くすり》、痛《いた》くてこわい検査《けんさ》。

友《とも》だちと遊《あそ》べない。家《いえ》に帰《かえ》れない。

ほとんどのこどもたちは、ベッドの上《うえ》でつらそうな顔《かお》をしていた。

なかには、まったく笑《わら》わなくなってしまった子《こ》もいる。

痛《いた》さやこわさを感《かん》じたくないから、すべてのきもちのスイッチを切《き》ってしまったかのように。

つらかった。

「でもね、退院《たいいん》できれば、まだいいのよね。」

先輩《せんぱい》の看護師《かんごし》さんがいう。

そう。

元気《げんき》になって退院《たいいん》していくこどもたちは、まだいい。

つらいのは、病院《びょういん》で亡《な》くなるこどもたちだ。

「だめだった。」

「あんなに、つらい治療《ちりょう》をがんばったのに……。」

だれかが亡《な》くなったときは、仲間《なかま》の看護師《かんごし》といっしょに、こっそり泣《な》いたこともある。

もっと、わたしに、できることはないのかな。
どうすれば、こどもたちを笑顔《えがお》にできるんだろう。

2　犬《いぬ》のいる病院《びょういん》？

入院《にゅういん》しているこどもたちのために、こども病院《びょういん》には、いろんな人《ひと》が応援《おうえん》にきてくれる。

プロでかつやくしている有名《ゆうめい》な野球選手《やきゅうせんしゅ》や、サッカー選手《せんしゅ》。歌《うた》をうたってくれる人《ひと》。楽器《がっき》をひいてくれる人《ひと》。

みんな、ボランティアだ。

そのなかのひとつが、シャイン・オン！キッズだった。

シャイン・オン！キッズは、寄付金《きふきん》を集《あつ》めて臨床心理士《りんしょうしんりし》をやとい、こども病院《びょういん》のスタッフとしてはたらいてもらう活動《かつどう》をしている団体《だんたい》。

〝勇気《ゆうき》のビーズ〟という活動《かつどう》もおこなっている。

つらい治療《ちりょう》をひとつしたら、ビーズをひとつ。にがい薬《くすり》をがんばって飲《の》んだら、もうひとつ、ビーズを糸《いと》にとおしていく。

長《なが》くつながったビーズは、こどもたちが治療《ちりょう》をがんばったしるしだ。

わたしが、こども病院《びょういん》ではたらきはじめて四年《ねん》がたった、二〇〇八年《ねん》の夏《なつ》。シャイン・オン！キッズが、新《あたら》しい取《と》りくみをはじめるという話《はなし》をきいた。

病院《びょういん》に、犬《いぬ》をつれてくるというのだ。

患者《かんじゃ》のこどもたちと、毎日《まいにち》ふれあう〝ファシリティドッグ〟。

〝ファシリティ〟は、施設《しせつ》という意味《いみ》。ファシリティドッグは、病院《びょういん》などではたらく犬《いぬ》のこと。

アメリカではすでに、百頭以上《とういじょう》のファシリティドッグがかつやくしていて、病院《びょういん》の先生《せんせい》が、犬《いぬ》とおこなう治療《ちりょう》のプログラムを組《く》むこともあるという。

日本《にっぽん》では、〝セラピードッグ〟という名前《なまえ》で、病院《びょういん》にときどきやってくる犬《いぬ》はいるけれど、毎日《まいにち》、病院《びょういん》にいて、治療《ちりょう》にまでかかわる犬《いぬ》なんて、きいたことがない。

わたしは、胸《むね》がたかなるのを感《かん》じていた。

わたしが、大学《だいがく》の看護学科《かんごがっか》を卒業《そつぎょう》するときに書《か》いた論文《ろんぶん》は、『透析患者《とうせきかんじゃ》の日常生活満足《にちじょうせいかつまんぞく》度《ど》と福祉玩具介入《ふくしがんぐかいにゅう》における影響《えいきょう》に関《かん》する研究《けんきゅう》』。

ちょっとむずかしいけれど、つまり、専用《せんよう》に作《つく》られた犬型《いぬがた》のロボットを使《つか》って、患者《かんじゃ》さんの治療《ちりょう》や生活《せいかつ》がどう変化《へんか》するかを調《しら》べたのだ。

さまざまな効果《こうか》があり、犬《いぬ》などの動物《どうぶつ》は、つらい患者《かんじゃ》さんにとって心《こころ》のささえになることがわかった。

犬型《いぬがた》ロボットをテーマにしたのは、わたしが犬《いぬ》や、ハムスターや、金魚《きんぎょ》などの生《い》き物《もの》が大好《だいす》きだから。生《い》き物《もの》は、うごくのを見《み》るだけでわくわくするし、そばにいると、ほんわりとしあわせなきもちになれる。

入院《にゅういん》していることもたちは、外《そと》に出《で》ることができないけれど、もしも犬《いぬ》がそばにいてくれたらどんなに楽《たの》しいだろう。

犬《いぬ》のぬくもり。

あたたかく、やさしいまなざし。

こどもたちが、うれしそうに犬《いぬ》をさわるすがたが目《め》に浮《う》かぶ。

シャイン・オン！キッズは、アメリカで訓練《くんれん》されたファシリティドッグを、日本《にっぽん》につれてこようとしているらしい。そのために、犬《いぬ》といっしょに病院《びょういん》をまわる〝ハンドラー〟をさがしているという。

その条件《じょうけん》は、小児科《しょうにか》の看護師《かんごし》の経験《けいけん》があることだ。

これだ！

この犬《いぬ》といっしょなら、わたしのやりたかったことができる。

わたしは、すぐにシャイン・オン！キッズに連絡《れんらく》をして、面接試験《めんせつしけん》をうけにいった。

担当《たんとう》の女性《じょせい》が、説明《せつめい》をしてくれる。

犬《いぬ》はいま、ハワイにある、ADH《エーディーエイチ》(Assistance Dogs of Hawaii) という訓練施設《くんれんしせつ》にいるという。

ADH《エーディーエイチ》は、ファシリティドッグや、手《て》や脚《あし》に障《しょう》がいがある人《ひと》のための介助犬《かいじょけん》、裁判所《さいばんしょ》で事件《じけん》の証人《しょうにん》になるこどもやその家族《かぞく》の心《こころ》のケアをするコートハウスドッグ（コートハウスは、裁判所《さいばんしょ》のこと）など、さまざまな犬《いぬ》の訓練《くんれん》をしているところだそうだ。

「来年《らいねん》の夏《なつ》ぐらいに訓練《くんれん》が終了《しゅうりょう》する一頭《とう》を、日本《にっぽん》のこども病院《びょういん》のためにつれてくることになっています。」

ハンドラーになるためには、この犬《いぬ》の訓練《くんれん》が終了《しゅうりょう》するのにあわせて、ADH《エーディーエイチ》にいって研《けん》修《しゅう》をうけるのだという。

犬《いぬ》は、ゴールデンレトリバー。

盲導犬《もうどうけん》などでもかつやくする、大型犬《おおがたけん》だ。

大《おお》きな犬《いぬ》が、病院《びょういん》のなかを歩《ある》くすがたを想像《そうぞう》するだけで、わくわくした。

一年後《ねんご》、二〇〇九年《ねん》の初夏《しょか》、わたしは、五年《ねん》三か月《げつ》はたらいたこども病院《びょういん》をやめた。そして、日本《にっぽん》ではじめてのファシリティドッグのハンドラーになる準備《じゅんび》をはじめた。

3　ベイリーのこと

犬《いぬ》の訓練《くんれん》が終《お》わるのを待《ま》つあいだ、シャイン・オン！キッズは、研修《けんしゅう》で使《つか》う教科書《きょうかしょ》をハワイからとりよせてくれた。

教科書《きょうかしょ》は、もちろん英語《えいご》。知《し》らない単語《たんご》がたくさんならんでいる。英語《えいご》なんて、学校《がっこう》の授業《じゅぎょう》でやったくらいだから、ちょっとあせったけれど、辞書《じしょ》を片手《かたて》に、ものすごくがんばって訳《やく》して読《よ》んだ。

ハワイでの研修《けんしゅう》は、たった二週間《しゅうかん》しかない。時間《じかん》をむだにしたくなかった。

日本《にっぽん》につれてくる予定《よてい》の犬《いぬ》が、ハワイで訓練《くんれん》をはじめてから一年《ねん》がたったけれど、終《お》わったという連絡《れんらく》はまだこない。

来週《らいしゅう》かな。もう少《すこ》し、先《さき》なのかな。

待《ま》つあいだは、わくわくと、不安《ふあん》がごちゃまぜになったきもち。なにより、いままで毎《まい》日《にち》、看護師《かんごし》としてものすごくいそがしくはたらいていたのに、ずっと家《いえ》にいるのが、落《お》ちつかない気分《きぶん》だ。

だけど、生《い》き物《もの》を訓練《くんれん》するのだから、予定《よてい》どおりにいくはずがない。

そして、十月《がつ》。

ついに、訓練《くんれん》が終《お》わったという連絡《れんらく》がきた。

どきどきしながらシャイン・オン！キッズにいくと、担当《たんとう》の女性《じょせい》が写真《しゃしん》を見《み》せてくれた。

えっ？　白《しろ》い！

びっくりした。

ゴールデンレトリバーは、みんな茶色《ちゃいろ》いと思《おも》っていたのだ。

「ベイリーっていいます。」

一歳《さい》十か月《げつ》になるオスのベイリーは、ちょっとおっとりしたようすで、すわっている。

かわいい。

女性《じょせい》は、ベイリーの説明《せつめい》をしてくれた。

ひとなつっこい笑顔《えがお》を見《み》せる、こどものころのベイリー。

二〇〇七年《ねん》十二月《がつ》、ゴールデンレトリバーのベイリーは、オーストラリアで生《う》まれた。

ゴールデンレトリバーは、人《ひと》なつっこくて、人《ひと》といっしょにいるのが好《す》きな犬種《けんしゅ》といわれている。

とくにベイリーの家系《かけい》は、みんなおだやかな性格《せいかく》で、ベイリーのお父《とう》さんの、おじいちゃんのおじいちゃん、つまり、五代《だい》さかのぼっても、人間《にんげん》といっしょにはたらく仕事《しごと》にかかわっている。

生《う》まれて三か月《げつ》になったベイリーは、二〇〇八年《ねん》の春《はる》に、はるばる海《うみ》をわたってハワイにある犬《いぬ》の訓練施設《くんれんしせつ》、ADH《エーディーエイチ》に入《はい》った。

訓練《くんれん》はふつう、一年《ねん》くらいだけれど、一頭一頭《いっとういっとう》の体調《たいちょう》や進《すす》み具合《ぐあい》にあわせるため、それぞれちがう。

基本《きほん》のうごきは、お手《て》、おすわり、ふせ、まて、など。

これだけきくと、ふつうのペットとおなじようだけれど、はたらく犬《いぬ》たちの『まて。』は、ちょっとちがう。

『まて。』といわれたら、ずっとじっとしている。大好《だいす》きなおやつを目《め》の前《まえ》に出《だ》されても、見《み》るとわくわくしちゃうボールがころがっていても、ぜったいにうごかない。

これが、はたらく犬《いぬ》の『まて。』だ。

さらに、人《ひと》といっしょに行動《こうどう》することを考《かんが》えて、エスカレータやエレベータにのる訓練《くんれん》や、バスや飛行機《ひこうき》のなかでおとなしくしている訓練《くんれん》もする。

おおぜいの人《ひと》にかこまれても緊張《きんちょう》しないよう、人《ひと》の多《おお》いところへもつれていく。ハワイでは、スーパーマーケットも、高級《こうきゅう》なホテルも、訓練中《くんれんちゅう》の犬《いぬ》はいつもうけいれてくれる。

ハワイじゅうが、はたらく犬《いぬ》たちを育《そだ》てているようだ。

ADH《エーディーエイチ》では、訓練《くんれん》しながらそれぞれの犬《いぬ》の性格《せいかく》にあわせて、ファシリティドッグや介助《かいじょ》犬《けん》などに育《そだ》てていく。

また、ADH《エーディーエイチ》で訓練《くんれん》をうけても、はたらく犬《いぬ》になれないこともある。

とちゅうで、やはり性格《せいかく》がむいていないとわかったら、ペットとして生《い》きていくことになる。

ベイリーは、ファシリティドッグにむいている、おだやかな性格《せいかく》をもったたいせつな一頭《とう》だった。

はやく、ベイリーに会《あ》いたい。

ベイリーはどんなふうに、わたしをむかえてくれるのだろう。

わたしは、ハワイにむかった。

4　ベイリーとの出会《であ》い

ハワイは、アメリカの州《しゅう》のひとつで、太平洋《たいへいよう》にある諸島《しょとう》。いくつかの島《しま》でできている。ベイリーのいるADH《エーディーエイチ》は、日本《にっぽん》からの飛行機《ひこうき》がつくホノルル空港《くうこう》や、観光客《かんこうきゃく》に人気《にんき》のあるワイキキビーチのあるオアフ島《とう》ではなく、その東南東《とうなんとう》のマウイ島《とう》にある。

飛行機《ひこうき》をのりかえて、マウイ島《とう》の空港《くうこう》におりたつと、空《そら》がすごく広《ひろ》かった。

「うわあ。」

空《そら》を見《み》あげて、思《おも》わず声《こえ》が出《で》る。

青《あお》い。日本《にっぽん》の空《そら》とは、ぜんぜんちがう青《あお》さだ。

ふりそそいでくる太陽《たいよう》の日《ひ》ざしが、じりじりと肌《はだ》をやいているのがわかる。

十一月《がつ》だというのに、半《はん》そででいられるきもちよさ。

まわりの人《ひと》は、みんなT《ティー》シャツや、ショートパンツ。なかには、水着《みずぎ》すがたで歩《ある》いている人《ひと》もいる。

二週間《しゅうかん》も、ここで研修《けんしゅう》できるなんて夢《ゆめ》みたい。

わたしは、リゾートに遊《あそ》びにきたような気分《きぶん》で、心《こころ》をおどらせた。

授業《じゅぎょう》が終《お》わったら、有名《ゆうめい》なパンケーキを食《た》べにいけるかな。

海《うみ》にもいけるかな。

旅行《りょこう》カバンのなかには、こっそり水着《みずぎ》も入《い》れてある。

土曜日《どようび》にマウイ島《とう》についたわたしは、ゆっくりと体調《たいちょう》をととのえ、月曜《げつよう》の朝《あさ》、ベイリーの待《ま》つＡＤＨ《エーディーエイチ》にむかった。

ＡＤＨ《エーディーエイチ》は、赤《あか》っぽい壁《かべ》の平屋《ひらや》の建物《たてもの》で、まわりには牛《うし》や馬《うま》のいる牧草地《ぼくそうち》が広《ひろ》がっている。

自然《しぜん》にかこまれていて、すごくきもちいい。

玄関《げんかん》のところで、さっそく、トレーナーたちが出《で》むかえてくれ、英語《えいご》で話《はな》しかけてくる。

「こんにちは！」

「会《あ》えてうれしいわ！」

白《しろ》いショートパンツに、ブルーのポロシャツのADH《エーディーエイチ》のユニフォームすがた。ポロシャツのそでのところには、犬《いぬ》の足《あし》あとマークが白《しろ》くプリントされている。

みんな、日《ひ》にやけた小麦色《こむぎいろ》の肌《はだ》に、明《あか》るい笑顔《えがお》がすてきだ。

すぐに施設《しせつ》のなかを、案内《あんない》してくれる。

訓練中《くんれんちゅう》の犬《いぬ》たちは、犬専用《いぬせんよう》の部屋《へや》や、柵《さく》でかこまれたところにいるのかと思《おも》っていたら、あれ？　そのへんを歩《ある》きまわっている？

施設《しせつ》のなかを、あちこちうごきまわっているのが、訓練中《くんれんちゅう》の犬《いぬ》たちだという。

自由《じゆう》なんだなあ。

もっときびしく管理《かんり》されていると思《おも》っていたから、びっくりした。

ふと見《み》ると、低《ひく》いしきりのむこうがわを歩《ある》く、白《しろ》い犬《いぬ》のせなかが見《み》えた。ゆっくり、ぷらぷらと歩《ある》いている。

白《しろ》い。ぜったい、あの子《こ》がベイリーだ！

どきどきした。

ずっと思《おも》いつづけていた犬《いぬ》が、いま、わたしの見《み》えるところにいる。

ついに、会《あ》えた。わたしのパートナー。

施設《しせつ》を案内《あんない》してもらったらすぐに、教室《きょうしつ》での授業《じゅぎょう》がはじまった。

研修《けんしゅう》は、わたしのほかに、車《くるま》いすにのっている十歳《さい》くらいの女《おんな》の子《こ》と、その家族《かぞく》がいっしょだ。女《おんな》の子《こ》のために、きちんと訓練《くんれん》された犬《いぬ》を家《いえ》にむかえるのだという。

さいしょに、二週間《しゅうかん》のあいだに、どんなことをやるのか説明《せつめい》され、つづいて、犬《いぬ》との訓《くん》練《れん》をはじめるまえに知《し》っておかなければならない、基本的《きほんてき》なことを教《おし》えてもらう。

犬《いぬ》とのきずながたいせつ。

犬《いぬ》は、ハンドラーのきもちを読《よ》みとって、自分《じぶん》もおなじきもちになってしまう。ハンドラーの姿勢《しせい》、顔《かお》の表情《ひょうじょう》、声《こえ》の出《だ》しかたなどで読《よ》みとる。

犬《いぬ》が、(うまくできたんだ!)と感《かん》じなければ、二度《にど》とおなじことはしない。だから、うまくできたときは思《おも》いきりほめる、など。

どれも、日本《にっぽん》で読《よ》んだ教科書《きょうかしょ》にのっていたことだけれど、あらためてトレーナーにいわれると、身《み》が引《ひ》きしまる思《おも》いがする。

午後《ごご》は、いよいよ、それぞれのパートナーになる犬《いぬ》に会《あ》うことになった。

「ちょっと待《ま》っていてね。」

トレーナーにいわれて待《ま》っていると、一頭《とう》の犬《いぬ》が、わたしのほうにつれられてきた。

真《ま》っ白《しろ》な犬《いぬ》。

さっき、ぷらぷらと歩《ある》いていた犬《いぬ》。

いまは、トレーナーにリードをもたれ、まっすぐにこちらにむかってくる。

きた！

真《ま》っ白《しろ》い毛《け》なみが、ハワイの太陽《たいよう》の光《ひかり》にあたって、すごくきれい。

くりっとした瞳《ひとみ》。ひょろりとしたしっぽ。大《おお》きな足《あし》。

ベイリーは、

（いらっしゃーい！）

って顔《かお》で、わたしを見《み》ている。

愛《あい》くるしくて、ちょっと、とぼけたような表情《ひょうじょう》。ときどきあける口元《くちもと》からピンクの舌《した》が見《み》えて、笑《わら》っているみたいだ。

からだは大《おお》きいけれど、まだ、二歳《さい》にもならないベイリーの顔《かお》には、おさなさが残《のこ》っている。

「ベイリー。」

トレーナーが、まじめな声《こえ》でベイリーの名前《なまえ》をよぶと、ベイリーがさっと見《み》あげる。

トレーナーはベイリーの顔《かお》をじっと見《み》て、ベイリーを集中《しゅうちゅう》させている。

(なに？　なに？)

ベイリーは、そんな顔《かお》をして、次《つぎ》になにをいわれるのかじっと待《ま》っている。

「シット(おすわり)。」

訓練《くんれん》された犬《いぬ》なんだもん、すぐに、さっとすわるはず。

そう思《おも》いながら見《み》ているけれど、あれ？　ベイリーは、なかなかすわろうとしない？

どうしちゃったのかな。

そう思《おも》ったとき、ベイリーは、後《うし》ろ足《あし》をうごかしはじめた。

ゆっくりゆっくり。

そして、やっと腰《こし》をおろした。

(やれやれ、すわるのか。まあいいか、すわるか。ふう、どっこいしょ。)

そんな声《こえ》がきこえてきそうで、わたしは、思《おも》わず笑《わら》ってしまった。

すごくマイペース。

血統《けっとう》がよくて、えらばれた犬《いぬ》。一年以上訓練《ねんいじょうくんれん》をうけた犬《いぬ》のはずなのに、こんなにのんびりしているなんて。

トレーナーが、わたしのほうをむいて、にっこりとうなずいた。

(これが、ベイリーなのよ。)

表情《ひょうじょう》が、そういっていた。

まわりの人《ひと》を思《おも》わず笑顔《えがお》にさせる、ゆったりとしたうごき。おっとりしたこの性格《せいかく》こそ、ベイリーがファシリティドッグにえらばれた理由《りゆう》だった。

「ベイリー、よろしくね。」

わたしは、そういいながらしゃがんで、そっとベイリーの首《くび》のあたりをなでる。

ベイリーが、まっすぐにわたしを見《み》つめてくれる。

これから、わたしがパートナーだよ。

遊《あそ》び時間《じかん》と訓練中《くんれんちゅう》、表情《ひょうじょう》ががらりとかわるベイリー。

5　ハワイでの研修《けんしゅう》

青《あお》い空《そら》。白《しろ》い雲《くも》。草《くさ》のにおいのする、ここちよい風《かぜ》。

すてきなトレーナーたちと、かわいいベイリー。

わたしは、しあわせな気分《きぶん》でいっぱいだった。

だけど、初日《しょにち》のさいごにいわれた言葉《ことば》は、わたしの浮《う》かれたきもちを一気《いっき》にふきとばした。

「今日《きょう》、教《おし》えたことは、明日《あした》の朝《あさ》、試験《しけん》をします。」

えーっ！

海《うみ》は？　パンケーキは？

さらに、これから二週間《しゅうかん》のあいだに教《おそ》わったことは、毎日《まいにち》、翌朝《よくあさ》に試験《しけん》があることを知《し》ったのだった。

病院《びょういん》ではたらく、ファシリティドッグのハンドラーになること。

それは、ペットの犬《いぬ》を飼《か》うのとは、ぜんぜんちがう。

ハンドラーは、ファシリティドッグのすべての責任《せきにん》をもつ。

ADH《エーディーエイチ》での研修《けんしゅう》は、真剣《しんけん》そのものだった。

研修《けんしゅう》は、朝《あさ》九時《じ》からはじまり、午後《ごご》四時《じ》までびっしり。

午前《ごぜん》は、教室《きょうしつ》で授業《じゅぎょう》をうけ、午後《ごご》は、それぞれの犬《いぬ》といっしょに、犬《いぬ》のあつかいかたを学《まな》ぶ。

そして、その日《ひ》に教《おそ》わったことは、次《つぎ》の日《ひ》の朝《あさ》に試験《しけん》がある。

これにうからなければ、授業《じゅぎょう》は進《すす》まないし、卒業《そつぎょう》させてもらえないのだから、海《うみ》どころじゃない。

どんどん出《で》てくる新《あたら》しい英語《えいご》は、ちゃんと調《しら》べないといけないし。

そう、授業《じゅぎょう》は、やはりぜんぶ英語《えいご》。

まさかここへきて、仕事《しごと》で英語《えいご》を使《つか》うことになるなんて思《おも》ってもいなかった。

わたしは、ホテルにもどるとすぐに机《つくえ》にむかった。

犬《いぬ》の解剖学《かいぼうがく》、生理学《せいりがく》、行動学《こうどうがく》、心理学《しんりがく》、哲学《てつがく》……。

日本語《にほんご》だって、知《し》らない言葉《ことば》がたくさんあるのに、それを英語《えいご》でなんて。

でも、おぼえる。やるしかない。

試験《しけん》のためじゃなく、わたしのため。こどもたちの笑顔《えがお》のためだと思《おも》うと、やる気《き》が出《で》た。

ただ、真剣《しんけん》な研修《けんしゅう》とはいえ、そこはハワイ。

試験《しけん》は朝《あさ》九時《じ》からだというのに、車《くるま》いすの女《おんな》の子《こ》の家族《かぞく》はもちろん、かんじんのトレーナーたちも、九時《じ》になってやっと、ぱらぱらと集《あつ》まりはじめる。

ハワイアン・タイムだ。

わたしは、八時半《じはん》にいって、待《ま》ちかまえているというのに。

「まあ、ユウコ。もうきているの？」

「やっぱり、日本人《にほんじん》ね！」

そんなふうに、いわれちゃう。日本人《にほんじん》って、まじめだって思《おも》われているみたい。

まあ、いいか。

みんながそろうのを待《ま》つあいだ、朝《あさ》の教室《きょうしつ》は、ここちいい風《かぜ》がふきぬけていった。

午後《ごご》の、ベイリーとの訓練《くんれん》は、教室《きょうしつ》の授業《じゅぎょう》よりだんぜん楽《たの》しかった。

小学校《しょうがっこう》の教室《きょうしつ》の二倍《ばい》くらいの広《ひろ》さの部屋《へや》で、生徒《せいと》はそれぞれの犬《いぬ》といっしょに、訓練《くんれん》をする。

シット（おすわり）、ステイ（まて）、ダウン（ふせ）、シェイク（お手《て》）。

そのほかにも、病院《びょういん》で必要《ひつよう》な動作《どうさ》のための指示《しじ》がたくさんある。

ベッドにあがるときに使《つか》う、ジャンプ・オン。

いすにすわっている人《ひと》の、ひざの上《うえ》に顔《かお》をのせるときは、ビジット。

こどもたちが、なでやすいように、ごろんと横《よこ》にねかせるときは、ロール。

おもちゃをくわえているときに、口《くち》をあけてはなさせるときは、ギブ。

ゆっくり歩《ある》く人《ひと》の横《よこ》に、ぴったりくっついておなじ速《はや》さで歩《ある》かせるときは、ヒール。

指示《しじ》は六十種類《しゅるい》以上《いじょう》ある。

もちろん、ベイリーはすでに訓練《くんれん》をうけているから、指示《しじ》はすべてわかる。

だけど、わたしのことをパートナーと認《みと》めてくれなければ、いうことをきいてはくれない。

ベイリーは、とてもあたまがいい。

だれが自分《じぶん》のパートナーで、だれのいうことをきいたらいいのか、ちゃんとわかっているのだ。

「ユウコ、もっと笑顔《えがお》で。」

「もっと自信《じしん》をもって、大《おお》きな声《こえ》で。」

わたしはなんども、注意《ちゅうい》された。

ベイリーに指示《しじ》を出《だ》すときは、声《こえ》のトーンを変《か》えないといけない。

うきうきした気分《きぶん》で握手《あくしゅ》をする『シェイク（お手《て》）。』は、明《あか》るい声《こえ》を出《だ》して、『シェーイクッ！』と、リズミカルに、わくわくするように。逆《ぎゃく》に、低《ひく》い位置《いち》でふせをさせる『ダウン。』は、太《ふと》く落《お》ちついた声《こえ》で、ゆっくりという。

これをまるで、舞台《ぶたい》の俳優《はいゆう》さんのように、おおげさにやらなくちゃいけない。

いっしょに研修《けんしゅう》をうけている車《くるま》いすの女《おんな》の子《こ》のお母《かあ》さんが、ものすごくうまかった。

ぱっと笑顔《えがお》になって『シェイクッ！』。いつもの声《こえ》とぜんぜんちがう。まるで、『シェイクッ！』といったあとに、ハートマークでもついているかのような声《こえ》を出《だ》す。

だけど、わたしはこれが苦手《にがて》。

自分《じぶん》の英語《えいご》の発音《はつおん》をきかれるだけでもいやなのに、表情《ひょうじょう》や声《こえ》の出《だ》しかたまで変《か》えるなんて、ものすごくはずかしい！

まわりの人《ひと》がうまくやればやるほど、できない自分《じぶん》に落《お》ちこんでしまう。

そんなとき、ふと、日本《にっぽん》を出発《しゅっぱつ》するまえに、シャイン・オン！キッズの女性《じょせい》にいわれた言葉《ことば》が浮《う》かんできた。

『日本人《にほんじん》は、はずかしがり屋《や》だから、ハンドラーにはむいていない。』

ADH《エーディーエイチ》の人《ひと》たちが、心配《しんぱい》していたというのだ。

ADH《エーディーエイチ》で育《そだ》てた犬《いぬ》は、ハワイか、アメリカの病院《びょういん》でかつやくしている。日本《にっぽん》にいくのははじめてで、ほんとうに日本人《にほんじん》にあずけていいのかどうか、彼《かれ》らも不安《ふあん》なのだ。

「もっと明《あか》るく！」

「もっと声《こえ》を出《だ》して！」

「ポジティブでないと、この仕事《しごと》はできないのよ。」

トレーナーが、注意《ちゅうい》をしてくれる。

ポジティブ。前《まえ》むき。

くよくよしたり、もうだめだ、できないなんて思《おも》ってはいけない。

犬《いぬ》は、ハンドラーのきもちを読《よ》みとって、おなじようなきもちになってしまう。

ハンドラーが落《お》ちこんだら、犬《いぬ》も落《お》ちこむ。それは、さいしょの授業《じゅぎょう》で教《おそ》わったことだ。

わたしが笑顔《えがお》で、

「だいじょうぶ！　できる！　なんとかなる！」

って思《おも》っていなくちゃ、ベイリーも不安《ふあん》になるだけだ。

「ポジティブ、ポジティブ。」

わたしは、心《こころ》のなかでなんどもこの言葉《ことば》をくりかえした。

はずかしいなんて、いっていられない。

ベイリーにとって、わかりやすい指示《しじ》の出《だ》しかた。ベイリーがうごきやすいように、わたしがしっかりやらなくちゃ。

わたしは、いままでよりもっと、大《おお》きな声《こえ》を出《だ》した。

すると、すかさずトレーナーがほめてくれる。

「ユウコ、そう。いまのよかったわ！」

ここのトレーナーは、ほめるのがうまい。ほめられるとうれしくて、『よし、もっとがんばるぞ。』って気分《きぶん》になってしまう。

わたしは、もっと大《おお》きな声《こえ》と表情《ひょうじょう》で、ベイリーに指示《しじ》を出《だ》す。そして、ベイリーがうまくできると、思《おも》いきり笑顔《えがお》でほめた。

「イエス！　グッドボーイ！（そうよ！　いい子《こ》ね！）」

いいながら、ベイリーのからだをいっぱいなでる。

ベイリーが、目《め》を輝《かがや》かせて、わたしを見《み》つめかえしてくる。

（ほんと？　ぼく、うまくできた？　もっとできるよ。もっとやろうよ！）

そんな表情《ひょうじょう》だ。

コツがわかってきた。くりかえすうちに、ベイリーの反応《はんのう》が、どんどんよくなってくる。

わたしが、しゃがんでベイリーの目《め》を見《み》つめると、ベイリーも、うれしそうに見《み》つめかえしてくる。

すると、トレーナーが、ついにこういってくれたのだ。

「ベイリーが、こんなに楽《たの》しそうに訓練《くんれん》をしているのを、はじめて見《み》たわ。」

うれしかった。

訓練《くんれん》が終《お》わったとき、トレーナーがきいてきた。

「ユウコは、いままで犬《いぬ》を飼《か》ったことはある？」

「いいえ。」

犬《いぬ》を飼《か》ったことがないと、だめだったのかな。

すると、トレーナーがにっこり笑《わら》って教《おし》えてくれた。

「飼《か》ったことがないから、へんなくせがついていないのね。いいことだわ。それに、わたしたちが教《おし》えたことを、すぐにできるようになるのは、ユウコが、すなおな性格《せいかく》だから。あなたは、いいハンドラーになるわ。」

自分《じぶん》がすなおだなんて、思《おも》ったことはない。こどもたちの笑顔《えがお》のために、教《おし》えてもらったことをいっしょけんめい、やっているだけだ。

だけど、いいハンドラーになるといってもらえて、すごくうれしかった。

とつぜん、トレーナーが、空《そら》を指《ゆび》さした。

「見《み》て！」

見《み》あげると空《そら》には、いままで見《み》たこともない、大《おお》きな虹《にじ》がかかっている！

しかも、ふたつも！

「ダブル・レインボー！」

まわりのみんなも、空《そら》を見《み》あげている。

真《ま》っ青《さお》な空《そら》に、大《おお》きな虹《にじ》。

看護師《かんごし》をやめて、ハワイまできてしまったけれど、わたしの新《あたら》しい挑戦《ちょうせん》は、きっとうまくいく。

虹《にじ》を見《み》ながら、わたしはそう感《かん》じていた。

6　タッカーとウェンディさん

二週間《しゅうかん》の研修《けんしゅう》がはんぶん終《お》わったところで、ベイリーといっしょに、こども病院《びょういん》に研習《けんしゅう》にいくことになった。オアフ島《とう》にあるカピオラニ病院《びょういん》では、ADH《エーディーエイチ》の卒業生《そつぎょうせい》、ファシリテイドッグのタッカーがかつやくしている。

ADH《エーディーエイチ》のあるマウイ島《とう》から、オアフ島《とう》までは飛行機《ひこうき》でいく。

犬《いぬ》はふつう、飛行機《ひこうき》にのるときは、ケージに入《い》れられて貨物室《かもつしつ》にのせられる。

ところがハワイでは、ベイリーのように訓練中《くんれんちゅう》の犬《いぬ》たちは、人《ひと》とおなじところにのせてもらえることになっていた。

さすがハワイ。

ほんとうに、はたらく犬《いぬ》たちに敬意《けいい》をもってくれている。

ADH《エーディーエイチ》が、なぜハワイにあるのか、わかる気《き》がした。

ベイリーは、飛行機《ひこうき》が飛《と》んでいるときの音《おと》や振動《しんどう》が、こわくないのかと思《おも》っていたけれど、わたしやトレーナーたちがいるから安心《あんしん》しているようで、落《お》ちついたようすでトレーナーの足元《あしもと》にねそべっていた。

カピオラニ病院《びょういん》につくと、さっそくタッカーに会《あ》いにいった。

ハンドラーは、病院《びょういん》ではたらく臨床心理士《りんしょうしんりし》の女性《じょせい》で、ウェンディさんといった。

臨床心理士《りんしょうしんりし》は、病気《びょうき》やケガをした患者《かんじゃ》さんや、その家族《かぞく》の、つらいきもちがなくなるように考《かんが》えてくれる人《ひと》。

ファシリティドッグは、病院《びょういん》ではたらく。だから、患者《かんじゃ》さんや病院《びょういん》のことをよく知《し》っている、看護師《かんごし》や臨床心理士《りんしょうしんりし》、精神科《せいしんか》の先生《せんせい》などがハンドラーになることになっている。

「ようこそ、わたしの病院《びょういん》へ！」

ウェンディさんは、三十歳《さい》を少《すこ》しこえたくらいだろうか。黒髪《くろかみ》と、日《ひ》にやけた小麦色《こむぎいろ》の肌《はだ》のもち主《ぬし》で、とにかく明《あか》るい。

ハンドラーの、大先輩《だいせんぱい》。

わたしは、この人《ひと》のようになるんだ。

ちょっと緊張《きんちょう》していたけれど、太陽《たいよう》のようなウェンディさんのそばにいると、あっという間《ま》に打《う》ちとけてしまう。

ウェンディさんのそばに、タッカーがいた。

タッカーもベイリーとおなじ、オスのゴールデンレトリバー。

毛《け》の色《いろ》は白《しろ》ではなく、こい茶色《ちゃいろ》。

そしてわたしは、タッカーの顔《かお》を見《み》たとたん、その表情《ひょうじょう》に心《こころ》をうばわれた。

ほんわりと微笑《ほほえ》んでいるような顔《かお》。

愛情《あいじょう》にあふれた視線《しせん》の、やさしいことといったら。

『がんばっているね。わかっているよ。』

見《み》つめられたとたん、そんなふうに声《こえ》をかけられた気《き》がする。

ベイリーとはまたちがった、あたたかい雰囲気《ふんいき》をもっていた。

〝えらばれた、とくべつな犬《いぬ》〟。

わたしは、あらためて感《かん》じていた。

ウェンディさんが、タッカーの仕事《しごと》を説明《せつめい》してくれる。

そのなかのひとつは、脚《あし》のケガをした男《おとこ》の子《こ》のリハビリ訓練《くんれん》だった。

外科《げか》の先生《せんせい》が、タッカーを中心《ちゅうしん》にした治療《ちりょう》プログラムを作《つく》っているという。

「こどもは、うまく歩《ある》けないと、すぐに歩《ある》くのをやめちゃうでしょ。でも、タッカーのところまで歩《ある》いてっていうと、歩《ある》いてくれるの。」

わたしも、こども病院《びょういん》にいるときに、なんども経験《けいけん》したことだ。

歩《ある》く練習《れんしゅう》をしないと、歩《ある》けるようにならない。

だけど、こどもたちは、ただ痛《いた》くてつらいだけのリハビリ訓練《くんれん》なんてやりたくないのだ。

タッカーのおかげで、男《おとこ》の子《こ》は順調《じゅんちょう》によくなっているという。

わたしは、大《おお》きくうなずいた。

わたしが、うなずいているのを見《み》て、ウェンディさんも、にっこりと笑《わら》ってうなずいてくれる。

「じゃあ、いきましょうか。」

ウェンディさんがリードをもって、タッカーが病院《びょういん》のなかを歩《ある》きはじめる。

わたしは、ベイリーといっしょにその後《うし》ろをついていった。

病院《びょういん》を歩《ある》く二頭《とう》の犬《いぬ》。

どきどきした。いままで、わたしが見《み》たことのない光景《こうけい》。

タッカーが歩《ある》いていくと、すれちがう先生《せんせい》や看護師《かんごし》さんが、タッカーにかるく手《て》をふったり、声《こえ》をかけたりしている。

犬《いぬ》が病院《びょういん》にいることは、もうここでは、あたりまえの風景《ふうけい》なのだ。

こどもたちが待《ま》つ、病棟《びょうとう》へと進《すす》んでいく。

「タッカーだ！」

「タッカー、こっちきて！」

タッカーは、大人気《だいにんき》だった。

あっという間《ま》に、こどもたちにかこまれると、そのまんなかで、ころんと横《よこ》になる。

みんな、タッカーのあたまをなでたり、しっぽにさわったりしている。

そのときの、こどもたちの楽《たの》しそうな顔《かお》といったら。

病院《びょういん》のなかで、こんなにうれしそうなこどもなんて、見《み》たことがない。

タッカーといるときは、みんな、病気《びょうき》やケガのことを忘《わす》れられるんだね。

わたしのとなりにいるベイリーは、かるくしっぽをふりながら、こどもたちを見《み》ている。

自分《じぶん》もタッカーといっしょに、こどもたちのなかに入《はい》りたそうな顔《かお》つきだ。

日本《にっぽん》の病院《びょういん》で会《あ》ったこどもたちの顔《かお》が、次々《つぎつぎ》と浮《う》かんでくる。

みんな、ベイリーを見《み》たら、どんな笑顔《えがお》になるだろう。

タッカーは、こどもたちがさわっているあいだ、ぴくりともせずにじっとしていた。

おとなしい犬《いぬ》なんだと思《おも》ったけれど、ひかえ室《しつ》にもどってウェンディさんが、タッカーのリードをはずしとたん、タッカーは、すぐにベイリーとじゃれはじめた。

そのむじゃきなすがたといったら！

「あはは！　タッカーは、ほんとうはわんぱくなのよ！」

ウェンディさんが、大《おお》きな声《こえ》で笑《わら》いながら教《おし》えてくれる。

オンとオフ。

こどもたちの前《まえ》では、きちんと仕事《しごと》をするけれど、ふだんは、ふつうの犬《いぬ》といっしょ。
がんばっているからこそ、オフのときは、楽《たの》しい時間《じかん》をすごさせる。
ADH《エーディーエイチ》で、教《おそ》わったこと。
ウェンディさんにあらためて、教《おし》えてもらったことのひとつだった。

7　ベイリーのきもち

シャイン・オン!キッズでは、ファシリティドッグを日本《にっぽん》につれてくると決《き》めたときから、ずっとうけいれてくれる病院《びょういん》をさがしていた。

さがすのは、たいへんだった。

医療《いりょう》スタッフの一員《いちいん》として病院《びょういん》ではたらく犬《いぬ》なんて、いままでの日本《にっぽん》ではなかったこと。

犬《いぬ》との治療《ちりょう》プログラムなんて、想像《そうぞう》したこともないだろう。

『清潔《せいけつ》な病院《びょういん》に、犬《いぬ》なんてとんでもない!』

そんなふうにいう人《ひと》がいるのは、とうぜんだ。

いくつもの病院《びょういん》にたずねてみるけれど、ずっとことわられてばかりだった。

そんななか、わたしがハワイにいく少《すこ》しまえに、静岡県立《しずおかけんりつ》こども病院《びょういん》の担当者《たんとうしゃ》が、会《あ》ってくれることになった。

そのまま、ハワイの研修《けんしゅう》にきてしまったけれど、そのあと、どうなったんだろう。

タッカーとウェンディさんに会《あ》ったあと、わたしたちはそのままオアフ島《とう》のホテルに泊《と》まり、研修《けんしゅう》をつづけていた。

研修《けんしゅう》が終《お》わりに近《ちか》づいてきたころ、日本《にっぽん》にいるシャイン・オン！キッズの女性《じょせい》から、メールがとどいた。

『静岡県立《しずおかけんりつ》こども病院《びょういん》が、四日間《よっかかん》の〝おためし〟をさせてくれることになりました。』

やった！

〝おためし〟は、あくまでも、ためすだけ。

ためして、『やっぱりやめます。』ということもある。

だけど、わたしはすぐに、静岡《しずおか》の不動産会社《ふどうさんがいしゃ》に国際電話《こくさいでんわ》をかけた。

「先日《せんじつ》、見《み》せていただいたマンション、契約《けいやく》します！」

実《じつ》は、ハワイにいくまえに静岡《しずおか》にいって、ベイリーと住《す》めるマンションをさがしておいたのだ。

マンションをかりてしまって、〝おためし〟のあとにことわられたら、そのあとどうするの？

だけど、わたしには、自信《じしん》があった。

ベイリーを見《み》てもらえば、ぜったいに、『これからも、ずっといてください。』って、いってもらえるはず！

二週間《しゅうかん》の研修《けんしゅう》は、あっという間《ま》に終《お》わり、卒業《そつぎょう》のための試験《しけん》の日《ひ》がやってきた。

筆記試験《ひっきしけん》と実技試験《じつぎしけん》。

実技試験《じつぎしけん》は、六十種類以上《しゅるいいじょう》あるすべての指示《しじ》を出《だ》して、ベイリーがきちんとうごくかどうかを見《み》るというものだ。

ものすごく勉強《べんきょう》したし、指示《しじ》の出《だ》しかたもくふうしてきたおかげで、筆記試験《ひっきしけん》も実技試《じつぎし》験《けん》も、合格点《ごうかくてん》をもらうことができた。

合格《ごうかく》したわたしたちはさいごに、タッカーのいるカピオラニ病院《びょういん》で、ほんとうの患者《かんじゃ》のこどもたちにふれあう研修《けんしゅう》をすることになっていた。

カピオラニ病院《びょういん》につくとわたしは、いつものように、ベイリーのリードをもった。

だけど、ここは病院《びょういん》。いつもの研修《けんしゅう》とは、まるでちがう。ほんとうの患者《かんじゃ》のこどもたちや、看護師《かんごし》さんたちが、わたしたちを見《み》つめている。

それにすぐ後《うし》ろには、ADH《エーディーエイチ》のトレーナーが目《め》をひからせながら、チェックシートをもってついてくるのだ。

わたしは、いままでにないくらい緊張《きんちょう》した。

ベイリーといっしょに、病院《びょういん》のなかを歩《ある》く。こどもたちのところにいって、ベイリーにさわってもらう。

失敗《しっぱい》しないようにしなくちゃ。

ベイリーにちゃんと、うごいてもらわなくちゃ。

さあ、ベイリー。うまくうごいて。

ところが、わたしがこんなにがんばっているのに、ベイリーは、だんだんいうことをきかなくなっていく。

「シット（おすわり）。」

指示《しじ》を出《だ》しても、ぷいっとそっぽをむくベイリー。

「シット!」

もう少《すこ》し、強《つよ》い口調《くちょう》でベイリーに伝《つた》える。

それでも、ベイリーはすわろうとしない。

どうしたの、ベイリー。ちゃんとやって。

そう思《おも》って見《み》つめるけれど、ベイリーは、知《し》らん顔《かお》をしている。

「ノー(だめ)。」

わたしは声《こえ》を低《ひく》くする。

甘《あま》えていないで、ちゃんとうごきなさい。そう、声《こえ》にきもちをこめる。

するとベイリーは、もぞもぞしながら、やっと腰《こし》をおろした。

よかった。どうなることかと思《おも》った。

けれどそのあともベイリーは、なんども指示《しじ》を無視《むし》するようになる。

『ノー。』という回数《かいすう》がふえてきて、そのうちわたしは、『ノー。』ばかりいうようになった。

それでもすわろうとしないベイリーに、集中《しゅうちゅう》させようと首輪《くびわ》につながっているリードを、ぴっとひっぱる。

どうしたの、ベイリー。

昨日《きのう》までは、ちゃんとできていたじゃない。

たまらなくなってわたしは、ベイリーの前《まえ》にしゃがんで顔《かお》をのぞきこんだ。

わたしたちは、パートナーだよね。

いっしょに、がんばろうよ。

そう思《おも》いをこめたはずだったのに、顔《かお》をのぞきこんだとたん、ベイリーは、ふいっと目《め》をそらしたのだ。

「えっ?」

なにがおきているのか、わからなかった。

いままで、一度《いちど》だって、目《め》をそらしたことなんてなかったのに。

いつも、きらきらした瞳《ひとみ》で、わたしを見《み》つめかえしてくれたのに。

きらわれた?

そのあとベイリーは、完全《かんぜん》にわたしのいうことをきかなくなった。

それどころか、勝手《かって》にうごきはじめたのだ。

ぐいぐいと、前《まえ》に進《すす》もうとする。その先《さき》には、病棟《びょうとう》の出口《でぐち》があった。

わたしがリードをひっぱっても、やめようとしない。

(もう、いやだ！　ぼく、帰《かえ》る！)

ベイリーの声《こえ》が、きこえてくるようだった。

お願《ねが》い、ベイリー。いかないで。いっしょにここで、さいごまで研修《けんしゅう》をうけて！

病院《びょういん》のろうかで足《あし》をすべらせながら、必死《ひっし》にここからはなれようとするベイリーのリードを、つなひきのように、ぎゅうっとひっぱる。

ベイリー、どうして……。

リードをひっぱりながら、あたまのなかは、もうパニックだった。

どうして？

どうしたらいいの？

試験《しけん》は、そのまま終《お》わった。トレーナーのひとりが、ベイリーのリードをとり、病院《びょういん》を出《で》ていった。ベイリーは、一度《いちど》もふりむくことなく、わたしのそばからはなれていく。

「ユウコ。食堂《しょくどう》にいきましょう。」

もうひとりのトレーナーにうながされて、病院《びょういん》のなかにある食堂《しょくどう》にむかう。

テーブルをはさんで、席《せき》についたとたん、涙《なみだ》があふれてきた。

あわててタオルでおさえるけれど、涙《なみだ》があとからあとから、あふれてとまらない。

わたしが落《お》ちつくのを待《ま》って、トレーナーがゆっくり話《はな》しかけてくれる。

「今日《きょう》のあなたは、神経質《しんけいしつ》になっていたわ。自分《じぶん》でもわかっているわね？」

わたしは、うなずいた。

すごく緊張《きんちょう》していたし、なんとかいいところを見《み》せようとしていた。

ベイリーに、ちゃんとうごいてもらうことしか考《かんが》えられなかった。

「ベイリーは、あなたのことを見《み》ているわ。あなたが神経質《しんけいしつ》になれば、ベイリーも神経質《しんけいしつ》になる。」

そうだ。それは、研修《けんしゅう》のなかで、なんどもいわれたことだった。

ハンドラーとファシリティドッグは、一心同体《いっしんどうたい》。二人三脚《ににんさんきゃく》。

わたしの緊張《きんちょう》は、ぜんぶベイリーに伝《つた》わってしまう。

でも、そんなことを、思《おも》いだす余裕《よゆう》もなかった。

「もっと自信《じしん》をもって、ユウコ。あなたは、研修《けんしゅう》のあいだ、ちゃんとできていたわ。」

なぐさめてくれるけれど、わたしは、涙《なみだ》をふきながら顔《かお》を横《よこ》にふった。

「だけど、ベイリーが……。」

そういったところで、また、涙《なみだ》があふれてきた。

わたしは、ベイリーにきらわれた。

ベイリーは、こんなパートナーなんて、がっかりだと思《おも》ったのだ。

トレーナーは、そんなわたしを見《み》て、やさしい口調《くちょう》でつづける。

「だいじょうぶよ。ベイリーは、あなたのことが好《す》きだわ。」

そんなことない。ベイリーは、わたしが見《み》つめたとき、いやそうに顔《かお》をそむけたのだ。

いっしょに、いたくない。

こんなわたしのことを、きらいになったのよ。

さいごの研修《けんしゅう》がうまくできなかったことよりも、ベイリーにきらわれたことのほうが悲《かな》しかった。

みんなで泊《と》まっているホテルまで、トレーナーが運転《うんてん》するクルマでもどってきた。

そのあいだ、わたしはぼんやりと外《そと》の景色《けしき》を見《み》ていた。

いまのわたし。

泣《な》いて、ひどい顔《かお》をしているんだろうな。

トレーナーとふたりでホテルのロビーに入《はい》ると、ベイリーが、さっきのトレーナーにつれられて待《ま》っていた。

『ベイリーの前《まえ》で、落《お》ちこんだ顔《かお》をしてはいけない。』

そう習《なら》ったことを、とっさに思《おも》いだす。

わたしは、むりやり笑顔《えがお》をつくった。

「ベイリー！」

おなかに力《ちから》を入《い》れて、明《あか》るい声《こえ》を出《だ》し、ベイリーの前《まえ》にしゃがむ。

ベイリーのからだを、わしゃわしゃっといっぱいなでて、そのままぎゅっと抱《だ》きしめた。

ベイリーのあたたかさが、伝《つた》わってくる。

ベイリー、大好《だいす》き。

抱《だ》きしめながら、心《こころ》のなかでそうつぶやく。

だけど、もう、きらいになっちゃったよね。

わたしといっしょにいても、楽《たの》しくないよね。

そう思《おも》うと、また、涙《なみだ》が出《で》そうになる。

だめだめ。

ベイリーの前《まえ》では、笑《わら》っていなくちゃ。ちょっとでも気《き》をぬくと、すぐにまた涙《なみだ》が出《で》てきそうだ。

にっこりと笑《わら》ったまま、わたしは立《た》ちあがった。

ベイリーが、わたしを見《み》あげている。

涙《なみだ》が出《で》てくるまえに、

「トイレにいってくる。」

といって、歩《ある》きはじめる。
しばらく歩《ある》くと、後《うし》ろに気配《けはい》がした。
ふりむくとベイリーが、すぐそばにいた。
(どこにいっちゃうの?)
そんな顔《かお》をして、わたしを見《み》ている。
「ベイリー、どうしたの?」
あわててそばにいき、ベイリーのあたまをなでる。
とまどいながら、トレーナーたちのほうを見《み》た。
「ほらね。ベイリーは、あなたのことが大好《だいす》きなのよ!」
トレーナーが、大《おお》きな声《こえ》と笑顔《えがお》で教《おし》えてくれる。
わたしは、ベイリーの顔《かお》をのぞきこむ。
そうなの、ベイリー?
ベイリーを見《み》ると、また、きらきらの瞳《ひとみ》で、わたしを見《み》つめてくれている。
ベイリー。

ありがとう。ごめんね。
わたしは、もう一度《いちど》ベイリーを抱《だ》きしめた。
ごめんね、ベイリー。わたし、もっといいパートナーになりたい。

8 帰国《きこく》

日本《にっぽん》に帰《かえ》る日《ひ》は、空港《くうこう》までトレーナーが送《おく》ってくれた。

さいごの病院《びょういん》での研修《けんしゅう》は、あわててしまったけれど、

「ふだんどおりにやれば、ユウコならできる。」

トレーナーは、そういってくれた。

「ベイリー、いい子《こ》でね。」

「日本《にっぽん》でも、がんばるのよ。」

トレーナーたちが、泣《な》きながらベイリーをなでている。

言葉《ことば》も通《つう》じない遠《とお》い日本《にっぽん》へいってしまうのが、つらくてしかたがないのだ。

「ユウコ。あなたでなければ、ベイリーはわたさないわ。あなただから、たくすの。日本《にっぽん》でもがんばって。」

わたしだから。

トレーナーのみんなが、そういってくれたことが、なによりうれしい。

彼《かれ》らが、たいせつに育《そだ》ててきた、ベイリー。

みんなに愛《あい》されてきた、ベイリー。

みんなにこんな思《おも》いをさせてまで、わたしは、ベイリーを日本《にっぽん》につれていくんだ。

そう思《おも》うと、胸《むね》がぎゅっとしめつけられる。

ぜったいに、いいハンドラーになるから。

ぜったいに、ベイリーは日本《にっぽん》にいってよかったねって、いってもらえるようにするから。

わたしは、みんなに約束《やくそく》して、ハワイをあとにした。


二〇〇九年《ねん》十一月《がつ》。

ハワイからもどると、わたしとベイリーは、静岡《しずおか》で生活《せいかつ》をはじめた。

シャイン・オン！キッズは、わたしとベイリーが病院《びょういん》に通《かよ》うための、小《ちい》さなクルマを用《よう》意《い》してくれた。

ハワイにいるときのベイリーは、たくさんの犬《いぬ》と、おおぜいのトレーナーにかこまれた毎日《まいにち》だったのに、とつぜん、わたしとふたりきりの生活《せいかつ》。

ベイリーは、どう思《おも》っているのかな。

やっぱり、さみしいのかな。

だけど、わたしがいるよ。いっしょにがんばろうね。

わたしは、マンションの部屋《へや》で、なんどもベイリーに声《こえ》をかける。

ベイリーの場所《ばしょ》というつもりで、部屋《へや》のすみに、ベイリーのための犬用《いぬよう》ベッドを用意《ようい》したけれど、いつのまにかベイリーは、わたしのふとんにきて、となりで眠《ねむ》るようになった。

わたしのそばで、安心《あんしん》して眠《ねむ》るベイリーをなでながら、成田空港《なりたくうこう》についたときのことを思《おも》いだしていた。

日本《にっぽん》への飛行機《ひこうき》では、ベイリーはケージに入《い》れられて、荷物《にもつ》といっしょに貨物《かもつ》スペースにのせられた。

人《ひと》はだれもいない。

飛《と》んでいるときにずっとしている、ゴーッという音《おと》。

着陸《ちゃくりく》するときは、地面《じめん》がはねるようにゆれる。

八時間《じかん》のあいだ、飛行機《ひこうき》のなかにとじこめられたベイリーは、どれだけこわかっただろう。成田空港《なりたくうこう》についたときは、べつの犬《いぬ》のようにぐったりと疲《つか》れはてていた。

成田空港《なりたくうこう》で、わたしのすがたを見《み》つけると、よろこぶどころか、

(どうしてこんなところに入《い》れるの？)

そんな、悲《かな》しそうな顔《かお》をむけてきた。

「ごめんね、ごめんね。こわかったね。」

ケージから出《だ》すと、ベイリーがよろよろと歩《ある》いてきて、立《た》っているわたしのひざのあたりにおでこをつけてくる。

(いっぱい、なでて。)

ベイリーが、甘《あま》えるときのしぐさだ。

「わかったよ。わかったよ、ベイリー。もう飛行機《ひこうき》にはのらないよ。」

ベイリーをいっぱいなでて抱《だ》きしめながら、わたしはそう約束《やくそく》した。
でもそれは、ベイリーは二度《にど》と、ハワイへはもどれないということ。
前《まえ》にすすむしかない。

9　四日間《よっかかん》の〝おためし〟

二〇〇九年《ねん》十一月《がつ》三十日《にち》、月曜日《げつようび》。

静岡県立《しずおかけんりつ》こども病院《びょういん》で、〝おためし〟がはじまった。

その日《ひ》の朝《あさ》は、もっと緊張《きんちょう》するかなって思《おも》っていたけれど、ふしぎなことに、わたしはぜんぜん緊張《きんちょう》しなかった。

カピオラニ病院《びょういん》のさいごの研修《けんしゅう》で失敗《しっぱい》したあと、わたしは考《かんが》えたのだ。

わたしはどうして、看護師《かんごし》をやめてまで、ハンドラーになったのかなって。

ハンドラーになることは、わたしの目標《もくひょう》じゃない。

目標《もくひょう》はその先《さき》にある。

こどもたちを笑顔《えがお》にすること。

だから、かっこよくやる必要《ひつよう》なんてない。ベイリーとふだんどおりに、心《こころ》をこめてやれば、きっとこどもたちがよろこんでくれる。

笑顔《えがお》になってくれる。

クルマを病院《びょういん》の駐車場《ちゅうしゃじょう》にとめると、建物《たてもの》の入《い》り口《ぐち》のところでベイリーに、ADH《エーディーエイチ》を卒業《そつぎょう》した犬《いぬ》たちのユニフォームである、青《あお》いベストをつけた。

入院《にゅういん》しているみんなを応援《おうえん》しにきた、とくべつな犬《いぬ》だとわかってもらえるベスト。

大《おお》きめのバッグに、ベイリーのおやつや、手《て》を消毒《しょうどく》するためのジェルのボトルなどを入《い》れる。


さあ、ベイリー。

いこうか。

病院《びょういん》のなかを歩《ある》きはじめると、まわりの人《ひと》が、おどろいたようにわたしたちを見《み》る。

『病院《びょういん》なのに、どうして犬《いぬ》がいるの？』

そんな顔《かお》つきで、じっと見《み》ている。

先生《せんせい》や、看護師《かんごし》さんたちは、わたしたちがくることを知《し》っているけれど、患者《かんじゃ》さんやお見舞《みま》いにきたほとんどの人《ひと》は知《し》らないから、おどろいてあたりまえだ。

だけど、わたしは胸《むね》をはって歩《ある》いた。
『こんにちは。ベイリーです。友《とも》だちになりにきたよ。』
心《こころ》のなかでそうつぶやくと、自然《しぜん》と笑顔《えがお》になれた。
ベイリーを見《み》る。
ベイリーも、わたしを見《み》あげる。
目《め》があったときに、わたしは笑顔《えがお》のままうなずいた。
ベイリーは、まっすぐ前《まえ》をむきなおし、堂々《どうどう》と歩《ある》いていく。

〝おためし〟の、さいしょの二日間《ふつかかん》は、病院《びょういん》のなかをまわって、すべての病棟《びょうとう》にあいさつしていった。病棟《びょうとう》だけでなく、薬《くすり》をあつかう薬剤室《やくざいしつ》や、病院《びょういん》で出《だ》す食事《しょくじ》を考《かんが》える栄養管理《えいようかんり》室《しつ》など、ありとあらゆるところにいき、ベイリーがどんな犬《いぬ》か見《み》てもらった。
病院《びょういん》に犬《いぬ》を入《い》れることは反対《はんたい》という人《ひと》も、ベイリーは、ペットの犬《いぬ》とはちがうことを知《し》ってほしい。きちんと訓練《くんれん》された〝ファシリティドッグのベイリー〟を、知《し》ってもらえれば、反対《はんたい》という人《ひと》は、きっと少《すく》なくなるはずだから。

病院《びょういん》のなかを歩《ある》くベイリーは、注目《ちゅうもく》のまと。

三日《みっか》めは、入院《にゅういん》していることもたちに、会《あ》うことになった。

病院《びょういん》は、〝おためし〟の病棟《びょうとう》として、外科《げか》の病棟《びょうとう》をえらんでいた。

外科《げか》の病棟《びょうとう》は、手《て》や脚《あし》のケガや、骨《ほね》の病気《びょうき》などで入院《にゅういん》していることもたちのいるところだ。

看護師《かんごし》さんたちが、犬《いぬ》が好《す》きだという数人《すうにん》のこどもに声《こえ》をかけてくれていた。

いよいよだ。

こどもたちに、会《あ》える。

さいしょは、八歳《さい》くらいの女《おんな》の子《こ》だった。

「こんにちは。」

ベッドのそばにベイリーをつれていく。

女《おんな》の子《こ》は、ベイリーを見《み》つけると、びっくりしたように目《め》をまるくし、そして、となりにいる母親《ははおや》の顔《かお》を見《み》る。

(お母《かあ》さん、犬《いぬ》だよ。かわいいね!)

女《おんな》の子《こ》が笑《わら》っているのを見《み》て、お母《かあ》さんも笑《わら》っている。

「ベイリーです。よろしくね。」

わたしがベイリーを紹介《しょうかい》すると、女《おんな》の子《こ》は、ベイリーを見《み》つめながら笑《わら》う。

女《おんな》の子《こ》のうれしそうな顔《かお》は、わたしを、しあわせなきもちにさせてくれた。

女《おんな》の子《こ》の病室《びょうしつ》を出《で》たあと、看護師長《かんごしちょう》さんが、次《つぎ》の子《こ》の説明《せつめい》をしてくれる。

「野球《やきゅう》が大好《だいす》きな五歳《さい》の男《おとこ》の子《こ》なんですが、手術《しゅじゅつ》をしてから笑《わら》わなくなってしまって。もう、からだを起《お》こせるはずなんですけれど、起《お》きようとしないんです。」

どれだけはげましても、『起《お》きられない。』といっていやがるのだと、看護師長《かんごしちょう》さんが歩《ある》きながら教《おし》えてくれる。

このままだと、歩《ある》く練習《れんしゅう》をはじめられないので、入院《にゅういん》がもっと長《なが》くなってしまう。

「なんとか、元気《げんき》を出《だ》してもらいたいんです。」

看護師長《かんごしちょう》さんは、そういって病室《びょうしつ》のドアをあけてくれた。

「ベイリーが、きたよ。」

看護師長《かんごしちょう》さんが男《おとこ》の子《こ》に声《こえ》をかけると、男《おとこ》の子《こ》は、横《よこ》になったまま顔《かお》だけをうごかして、こちらをむく。

そして、ベイリーを見《み》つけたとたん……。

がばっ！

男《おとこ》の子《こ》が、いきおいよくからだを起《お》こした。

「起《お》きられるんじゃん！」

ベッドのそばにいた先生《せんせい》が、おどろいた声《こえ》を出《だ》した。

看護師《かんごし》さんたちも、みんな笑顔《えがお》だ。

男《おとこ》の子《こ》は、ベイリーに目《め》が釘《くぎ》づけだった。

じーっと見《み》つめている。

「ベイリー、うれしいね。会《あ》えたね。」

わたしは、そう声《こえ》をかけて、ベイリーをベッドに近《ちか》づける。

ベイリーも、男《おとこ》の子《こ》を見《み》つめている。

男《おとこ》の子《こ》は、手《て》をのばしてベイリーのあたまにさわる。ベイリーは、男《おとこ》の子《こ》のそばで、
じっとしていた。

「じゃあ、そろそろ。」

しばらくふれあったあと、看護師長《かんごしちょう》さんが、面会時間《めんかいじかん》の終《お》わりをつげる。

「またくるね。なでてくれて、ありがとう。」

わたしがそういうと、男《おとこ》の子《こ》がわたしを見《み》てうなずいた。

(ほんとだよ？　きっと、きてね。)

声《こえ》をきくことはできなかったけれど、男《おとこ》の子《こ》の顔《かお》は、そういっていた。

病室《びょうしつ》を出《で》るとき、看護師《かんごし》さんのひとりが、ベイリーのあたまをそっとなでてくれた。

ろうかを歩《ある》きながら、ベイリーを見《み》る。

ベイリーはまっすぐ前《まえ》を見《み》ながら、楽《たの》しそうにしっぽを高《たか》くあげてゆっくりとふっていた。

わたしがやろうとしていることは、まちがっていない。

そう思《おも》ったら、胸《むね》がどきどきした。

もっともっと、こどもたちに会《あ》って応援《おうえん》したい。

少《すこ》しでも楽《たの》しい思《おも》い出《で》をつくってほしい。

ベイリーとなら、できる。

わたしは、手《て》ごたえを感《かん》じていた。

〝おためし〟の四日間《よっかかん》が終《お》わった。

〝おためし〟をやるまえは、病院《びょういん》のなかで、たくさんの反対意見《はんたいいけん》が出《で》ていたそうだ。

「かみついたら、どうするんですか？」

「ぜったいに、吠《ほ》えないんですか？」

「アメリカの病院《びょういん》にはたくさんいますといっても、日本《にっぽん》とアメリカは、ちがう。アメリカでは、くつのまま部屋《へや》に入《はい》るけれど、日本《にっぽん》は、玄関《げんかん》でくつを脱《ぬ》ぎます。日本人《にほんじん》はきれい好《ず》きなんです。」

そもそも、ここは病院《びょういん》なのだ。

衛生面《えいせいめん》は、とくに気《き》をつかう。

「へんな病気《びょうき》をもちこんだら、とりかえしのつかないことになりますよ。」

「ただでさえ、病気《びょうき》やケガで体力《たいりょく》が落《お》ちて、風邪《かぜ》をひきやすくなっているこどもたちのいるところに、犬《いぬ》がくるなんて。」

だけど、賛成《さんせい》する先生《せんせい》や看護師《かんごし》さんたちもいた。

「犬《いぬ》の病気《びょうき》は、人間《にんげん》にはうつらないですからね。」

そう、ベイリーの病気《びょうき》は、人《ひと》にはうつらない。

話《はな》しあいのすえ、とにかく、どんな犬《いぬ》なのか見《み》てみましょうということになったのだ。


そして、〝おためし〟のあとはというと。

「こんなに、おとなしいと思《おも》わなかった。」

「想像《そうぞう》していたのと、ぜんぜんちがっていた。」

ベイリーに会《あ》った人《ひと》はみんな、おどろいている。

犬《いぬ》が苦手《にがて》だという人《ひと》も、ベイリーならさわれるといって、よろこんでくれる。

「こどもたち、うれしそうでしたね。」

「こどもだけでなく、そのお母《かあ》さんやお父《とう》さんもベイリーがいると、きもちがやわらぐと思《おも》います。」

反対《はんたい》する意見《いけん》はひとつもなく、ベイリーに賛成《さんせい》という意見《いけん》がたくさん出《だ》される。

外科《げか》の病棟《びょうとう》の看護師長《かんごしちょう》さんが、手《て》をあげた。

「横《よこ》になったまま、うごこうとしなかったこどもが、ベイリーを見《み》たとたん起《お》きあがったんです。医師《いし》や看護師《かんごし》がいくらいってもできなかったのに、ベイリーは、一瞬《いっしゅん》でやってしまう。」

全員《ぜんいん》が、看護師長《かんごしちょう》さんの話《はなし》を熱心《ねっしん》にきいている。

「それに、ベイリーは、ただおとなしいだけじゃない。あれは、きちんと訓練《くんれん》された犬《いぬ》のうごきです。」

看護師長《かんごしちょう》さんは、ちゃんと見《み》ていてくれたのだ。

ほかの先生《せんせい》や、看護師《かんごし》さんたちが次々《つぎつぎ》に手《て》をあげる。

「ベイリーがいたら、こどもたちがよろこびますね。」

「つらい治療《ちりょう》がつづいて、笑《わら》わなくなった子《こ》が、ベイリーを見《み》たとたん、笑《わら》いましたよね。」

「こどもが、よろこぶのなら、まずはやってみようじゃないか。」

そうして、静岡県立《しずおかけんりつ》こども病院《びょういん》は、ベイリーを正式《せいしき》にうけいれてくれることになった。

ベイリーを見《み》てもらえれば、ぜったいに好《す》きになってもらえる。思《おも》っていたとおりだ。
わたしは、知《し》らせをうけて、うれしいきもちでいっぱいだった。

10 週《しゅう》に三日《みっか》

年《とし》が明《あ》けて、正式《せいしき》に通《かよ》えることになったけれど、月《げつ》、水《すい》、金曜日《きんようび》の三日間《みっかかん》だけということになった。

そして、さいしょは、外科《げか》の病棟《びょうとう》だけ。

ちょっと残念《ざんねん》。

だけど、一歩《いっぽ》、一歩《いっぽ》だよね。

さいしょの月曜日《げつようび》、外科《げか》の病棟《びょうとう》のなかにあるプレイルームにいくと、数人《すうにん》のこどもたちが集《あつ》まってきた。

こどもたちのなかには、手《て》から点滴《てんてき》のチューブがつながったままの子《こ》もいる。

「こんにちは。」

わたしはしゃがんで、こどもとおなじくらいの目《め》の高《たか》さにすると、ゆっくり話《はな》しかけた。

「犬《いぬ》、すき？」

こくん。

いちばん先頭《せんとう》にいたこどもが、ベイリーから目《め》をはなさずにうなずく。

「ベイリーっていうの。よろしくね。」

わたしは、ベイリーの名前《なまえ》をおぼえてほしくて、『ベイリー』という部分《ぶぶん》をとくにゆっくりいう。

おすわりをしていたベイリーは、自分《じぶん》からそっと、からだを低《ひく》くしてふせている。

小《ちい》さなこどもが、こわがらないように少《すこ》しでも自分《じぶん》を小《ちい》さく見《み》せているようだ。

「さわってみる？」

わたしがいうとベイリーは、なにかを感《かん》じたかのように、横《よこ》むきにごろんとねそべった。ひとりの女《おんな》の子《こ》がそっとベイリーに手《て》をのばす。

ベイリーがつけている青《あお》いベストではなく、おしりのあたりの、ふさふさした毛《け》にふれると、ぱっと笑顔《えがお》になる。

わたしの心《こころ》のなかに、あたたかいものが広《ひろ》がっていった。

ひとりがさわると、ほかの子《こ》たちも手《て》をのばして、ちょこんとふれている。

さいしょは、ちょっとさわっては手《て》をひっこめるのくりかえし。

ベイリーがじっとしていることがわかると、そのまま、ずっとさわっている。

ベイリーのぬくもり。

息《いき》をするときにうごく、おなか。

生《い》きているベイリーをさわって、こどもたちが、わくわくしているのが伝《つた》わってくる。

こどものひとりがあたまをなでると、ベイリーはそのときだけ、かるく一回《かい》まばたきをした。

ベイリーは、こどもたちがさわっているあいだ、ほとんどうごかない。

(じっとしているから、こわくないよ。もっとさわっていいよ。)

からだ全体《ぜんたい》で、そんなふうに伝《つた》えている。

「みんな、そろそろもどろうね。」

看護師《かんごし》さんの声《こえ》で、こどもたちが立《た》ちあがる。

こどもたちが大好《だいす》きなベイリー。じっとそばによりそう。

「またね。」

わたしが手《て》をふると、みんな、なんどもふりかえりながら、自分《じぶん》の病室《びょうしつ》へ帰《かえ》っていく。

「いっちゃったね。」

ベイリーを見《み》ると、いつのまにか立《た》ちあがり、こどもたちのすがたを目《め》で追《お》っていた。

ベイリーは、じっとするときと、うごいていいときが、よくわかっている。

すごくふしぎなのだけれど、ベイリーは、ファシリティドッグの青《あお》いベストをつけたときに、仕事《しごと》のスイッチが入《はい》るわけではない。

青《あお》いベストをつけても、はしゃいでいいときは、はしゃぐし、青《あお》いベストがなくても、おとなしくしているときもある。

その場所《ばしょ》でどうすればいいのかが、わかるのだ。

わたしは、ごほうびのドッグフードをあげる。

小《ちい》さな、こどもの小指《こゆび》の先《さき》くらいのおやつだけれど、ベイリーはうれしそうに、ひと口《くち》で飲《の》みこんだ。

しばらくすると外科《げか》だけではなく、心臓《しんぞう》をあつかう循環器科《じゅんかんきか》と、白血病《はっけつびょう》など血液《けつえき》の病気《びょうき》の治療《ちりょう》をする血液腫瘍科《けつえきしゅようか》のこどもたちにも、会《あ》えることになった。

それぞれの病棟《びょうとう》の入《い》り口《ぐち》には、ガラスのドアがある。

おとなの病院《びょういん》には、こんなドアはないけれど、こども病院《びょういん》は、入院《にゅういん》しているこどもたちが、どこかにいってしまわないようにドアがついているのだ。

ドアをあけ、なかに入《はい》ってすぐのところにあるナースステーション。わたしたちが入《はい》れるのは、ここまでだ。ベイリーがきたことを伝《つた》えると、看護師《かんごし》さんが、ベイリーに会《あ》いたいこどもたちをつれてきてくれる。

だけど、出《で》てきてくれる子《こ》は、ほんのわずか。だれにも会《あ》えないことも多《おお》かった。

外科《げか》の病棟《びょうとう》でも、プレイルームにきてくれる子《こ》は、いつも、二、三人《にん》。犬《いぬ》が好《す》きで、ベイリーにベッドまできてほしいという子《こ》も、あまりいない。

会《あ》えるこどもがいなければ、病院《びょういん》での仕事《しごと》はおしまい。

ほんの一時間《じかん》もしないうちにやることがなくなってしまう。

ハワイで見《み》たタッカーの人気《にんき》と、あまりにちがう。わたしは悲《かな》しくなった。

ほかの人《ひと》たちが、まだはたらいている時間《じかん》に家《いえ》に帰《かえ》る自分《じぶん》は、なまけものみたいだ。

マンションの部屋《へや》では、その日《ひ》なにをしたか、だれに会《あ》ったかなどレポートを書《か》くことになっている。

だけど、数人《すうにん》しか会《あ》わないから、レポートもすぐに終《お》わってしまう。

机《つくえ》の前《まえ》でしょんぼりしていると、ベイリーが、

（どうしたの？）

って顔《かお》で近《ちか》づいてくる。

ベイリーをぎゅっと抱《だ》きしめる。

「ねえ、ベイリー。わたしたちは、必要《ひつよう》とされていないのかな。」

日本《にっぽん》で、ファシリティドッグは、むりなんだろうか。

このまま、週《しゅう》に三日《みっか》から、週《しゅう》に一日《にち》、月《つき》に一日《にち》なんてことにならないだろうか。

不安《ふあん》ばかりが、つのっていく。

日本《にっぽん》で、はじめて。

はじめて、とか、一番《いちばん》って言葉《ことば》はかっこいいけれど、だれもやったことがないことをや

るのは、すごくたいへんなことだって思《おも》う。
でも、やりたい。
こどもたちを、笑顔《えがお》にしたいんだもの。
わたしは、ベイリーの顔《かお》を両手《りょうて》でそっとはさんだ。
ベイリー。いっしょなら、きっとできるよね。
「だよね、ベイリー？」
わたしは笑顔《えがお》をつくって、ベイリーにたずねる。
ベイリーが、わたしの頬《ほお》をぺろりとなめた。
（だいじょうぶだよ。まだ、はじまったばかりだよ。）
ベイリーが、応援《おうえん》してくれた気《き》がした。

11　ハンドラーの仕事《しごと》は、二十四時間《じかん》三百六十五日《にち》

病院《びょういん》での仕事《しごと》は、すぐに終《お》わってしまうけれど、わたしには、〝ベイリーの体調《たいちょう》をととのえる〟という、だいじな仕事《しごと》がある。

わたしが、いちばん心《こころ》がけているのは、ベイリーの健康《けんこう》。

そして、ベイリーが楽《たの》しく仕事《しごと》ができるようにすること。

ベイリーが楽《たの》しくなくちゃ、こどもたちを笑顔《えがお》にできないから。

ベイリーの一日《いちにち》は、こんな感《かん》じ。

ベイリーは、おなかがすくと目《め》がさめるみたいで、朝《あさ》六時《じ》にセットしてあるわたしの目《め》ざまし時計《どけい》がなるまえから、もそもそってうごきはじめる。

起《お》きたらすぐに、一時間《じかん》の散歩《さんぽ》にでかける。

『毎日《まいにち》、ちがうコースを歩《ある》くように。』

これは、ＡＤＨ《エーディーエイチ》のトレーナーからいわれていること。

おなじ道《みち》を歩《ある》くとベイリーがあきてしまうから、毎日《まいにち》、ちがうコースをえらんで、楽《たの》しく散歩《さんぽ》できるようにする。

雨《あめ》がふっても、もちろん歩《ある》く。

ベイリーは、雨《あめ》が気《き》にならないみたいで、水《みず》たまりもざぶざぶ歩《ある》いていく。

わたしも、傘《かさ》とレインコートと長《なが》ぐつで、完全防水《かんぜんぼうすい》。

ベイリーが楽《たの》しそうに歩《ある》くすがたを見《み》ていると、雨《あめ》の散歩《さんぽ》も楽《たの》しく思《おも》えるからふしぎ。

散歩《さんぽ》が終《お》わると、次《つぎ》は、朝《あさ》ごはん。

ドッグフードの量《りょう》は、ベイリーが太《ふと》ったり、やせたりしないよう、きちんと量《りょう》を決《き》めている。

がさがさって、ドッグフードの袋《ふくろ》の音《おと》がすると、ベイリーは、もう待《ま》ちきれないって顔《かお》をしながらおすわりをして、いれ物《もの》の前《まえ》で待《ま》っている。

「リリース（よし）。」

その声《こえ》とどうじにベイリーは、お皿《さら》に飛《と》びつく。

一気《いっき》に食《た》べるそのようすといったら、十日間《とおかかん》くらい、なにも食《た》べていないみたい。

そして、十五秒《びょう》くらいで食《た》べおわると、お皿《さら》をていねいに、ぺろぺろとなめておしまい。

もっとゆっくり食《た》べれば、もっと楽《たの》しい時間《じかん》がつづくのにって思《おも》うけれど、ベイリーにたいせつなのは、〝いま〟だから、食《た》べることだけを考《かんが》えているみたい。

朝《あさ》ごはんが終《お》わったら、ブラッシング。

こどもたちにさわってもらうから、いつもきれいに、ふわふわにしておきたい。

ベイリーは、ブラッシングされるのが大好《だいす》き。ごろーんと横《よこ》になったまま、じっとしている。しっぽ、せなか、おなか、足《あし》、顔《かお》まわり。

どこにブラシをあててもうごかないし、顔《かお》を見《み》ると、きもちよくてねちゃいそうって目《め》をしている。

「はい、反対《はんたい》がわ。」

前足《まえあし》と後《うし》ろ足《あし》をもって、ごろんとひっくり返《かえ》しても、力《ちから》がまったく入《はい》っていなくて、まるで大《おお》きなぬいぐるみみたい。

『ベイリー、きれいね。』

『ふわふわだね。』

そういってもらえると、すごくうれしい。

つづいてするのは、歯《は》みがき。

ベイリーの歯《は》みがき粉《こ》は、チキンのにおいがする。すごくおいしそうなにおい。

だから、ベイリーは歯《は》みがきも大好《だいす》き。

きっと、歯《は》をみがいてもらっているとは、思《おも》っていないんじゃないかな。

みがいているあいだ、ベイリーの舌《した》はいそがしくうごいて、歯《は》みがき粉《こ》をなめようとしているんだもの。

ベイリーのきれいな白《しろ》い歯《は》も、わたしの自慢《じまん》のひとつ。

みだしなみがととのったあとは、病院《びょういん》にいくまえの訓練《くんれん》をする。

ADH《エーディーエイチ》で習《なら》ったことを、ベイリーが忘《わす》れないように、毎朝《まいあさ》、きちんとくりかえす。

家《いえ》では甘《あま》えん坊《ぼう》のベイリーだけれど、この時間《じかん》になると、スイッチが入《はい》ったように真剣《しんけん》な顔《かお》になる。

もちろん、わたしも声《こえ》が変《か》わる。
ふだんは、やさしい声《こえ》を出《だ》すけれど、この時間《じかん》だけは別《べつ》。
「ギブ（くわえているものを、ちょうだい）。」
「ステイ（まて）。」
ベイリーのうごきが、少《すこ》しでもちがうと、やりなおし。
うまくできたときだけ、ほめる。
言葉《ことば》がわからないベイリーに伝《つた》えるためには、わたしの声《こえ》やうごきがぶれたらだめ。
ベイリーがまよわないよう、わたし自身《じしん》も、ちゃんとやらないとだめなんだ。
ベイリーの訓練《くんれん》だけど、これはわたし自身《じしん》の訓練《くんれん》でもある。
病院《びょういん》にいって、こどもたちに会《あ》って、病院《びょういん》での仕事《しごと》が終《お》わったら、また一時間《じかん》の散歩《さんぽ》。
毎日《まいにち》、ベイリーといっしょに二時間《じかん》も歩《ある》くから、わたしもすごく健康《けんこう》になる。
もともと、山《やま》を歩《ある》くのが好《す》きだから、歩《ある》くのはへいき。
落《お》ちこんでいても、歩《ある》いていると、またがんばろうってきもちになれるし。
家《いえ》にもどったら、ベイリーの晩《ばん》ごはん。

訓練《くんれん》も散歩《さんぽ》も、ベイリーの体調《たいちょう》をととのえるたいせつな仕事《しごと》。

やっぱりベイリーは、十五秒《びょう》くらいで食《た》べおわり、ああ、なくなっちゃったって顔《かお》をする。

お皿《さら》をなめたあとは、

(あとは、ねるだけだなあ。)

って感《かん》じで、わたしがふとんにいくまでのあいだ、部屋《へや》のすみにあるお気《き》にいりのクッションの上《うえ》でまるくなっている。

週末《しゅうまつ》は、ベイリーをつれて海辺《うみべ》にいったり、山《やま》にいったり。ベイリーが楽《たの》しめるよう、いろんなところにつれていく。

そして、毎週日曜《まいしゅうにちよう》の夜《よる》は、お風呂《ふろ》。

ていねいに洗《あら》ったあとは、トリートメントもしてばっちり。

ベイリーは、シャワーはきらいじゃないけれど、ドライヤーは苦手《にがて》みたい。

(ぼく、これ、きらいなんだよね。ぶぉーって音《おと》がするから。)

じっとしているけれど、そんな表情《ひょうじょう》をしている。

あとは、定期的《ていきてき》に、耳《みみ》そうじやツメ切《き》り。足《あし》のうらにある、肉球《にくきゅう》のあいだにのびてくる毛《け》も切《き》る。

肉球《にくきゅう》のあいだの毛《け》を切《き》るときは、くすぐったいらしく、いつもはじっとしているベイリーが、ちょっと足《あし》をひっこめる。

ベイリーの体重測定《たいじゅうそくてい》は、わたしがベイリーをかかえて、いっしょに体重計《たいじゅうけい》にのる。

ベイリーの体重《たいじゅう》は、三十キロあるから、かかえるだけでもたいへん。

「よいしょ！」

ベイリーは、じっとしているけれど、もしかしたら、

（太《ふと》っていないよね。ドッグフード、へらされないよね？）

って、心配《しんぱい》しているかもしれない。

看護師《かんごし》のころは、ゆっくり買《か》い物《もの》をしたり、だれかとごはんを食《た》べにいったりしていたけれど、いまは、ほとんどしなくなった。できるだけ、ベイリーのそばにいてあげたいから。

わたしが風邪《かぜ》をひいているときだけは、冷《つめ》たい雨《あめ》のふる朝《あさ》の散歩《さんぽ》を、だれかが代《か》わりにやってくれたらなって思《おも》うこともある。

だけど、こうして、ベイリーといっしょに住《す》んで、ベイリーの世話《せわ》をぜんぶわたしがやることで、ベイリーがわたしを信頼《しんらい》してくれるから、やっぱりたいせつなこと。

ベイリー、大好《だいす》きだよ。

がんばろうね。

12 ゆづきくん

静岡県立《しずおかけんりつ》こども病院《びょういん》での、さいしょの四日間《よっかかん》の〝おためし〟は、外科《げか》の病棟《びょうとう》だけのはずだったけれど、じつは、とくべつに集中治療室《しゅうちゅうちりょうしつ》にもよばれていた。

集中治療室《しゅうちゅうちりょうしつ》は、重症《じゅうしょう》のこどもや、手術《しゅじゅつ》をしたあとのこどもがいるところ。みんなベッドの上《うえ》で横《よこ》になり、意識《いしき》がない子《こ》も多《おお》い。

一歳《さい》の男《おとこ》の子《こ》、ゆづきくんも、手術《しゅじゅつ》を終《お》えたばかりだということだった。

集中治療室《しゅうちゅうちりょうしつ》は、ほかの病棟《びょうとう》より衛生管理《えいせいかんり》がきびしい。

それでもゆづきくんが、犬《いぬ》が大好《だいす》きなので、ぜひ、ベイリーに会《あ》わせてほしいと、ご両《りょう》親《しん》がなんどもなんどもいってくれたのだ。

ベイリーとわたしが、集中治療室《しゅうちゅうちりょうしつ》の出入《でい》り口《ぐち》で待《ま》っていると、車輪《しゃりん》のついたベッドにのせられたまま、ゆづきくんがあらわれた。

からだに、治療《ちりょう》のためのチューブやコードがたくさんつけられていたけれど、ゆづきくんは、にこにこしながら手足《てあし》を元気《げんき》にうごかしている。

「ゆづきくん、こんにちは。」

わたしが声《こえ》をかけると、お母《かあ》さんがゆづきくんを抱《だ》きあげて、ベイリーのそばにつれてきてくれる。すると、ゆづきくんが待《ま》ちきれないようすで思《おも》いきり手《て》をのばした。

ベイリーに手《て》がとどくと、ベイリーの首《くび》に抱《だ》きつき、頬《ほお》をすりよせてうれしそうに笑《わら》う。

こんなに大《おお》きな犬《いぬ》なのに、ぜんぜん、こわがっていない。

「わんちゃん、好《す》きなんだね。」

わたしがそういうと、ゆづきくんは、ぎゅうっとベイリーを抱《だ》きしめて、にこっと笑《わら》った。

ベイリーは、首《くび》をつかまれても、じっとしている。

ベイリーには、わかるのだ。

ゆづきくんが、ベイリーのことを大好《だいす》きだってことが。

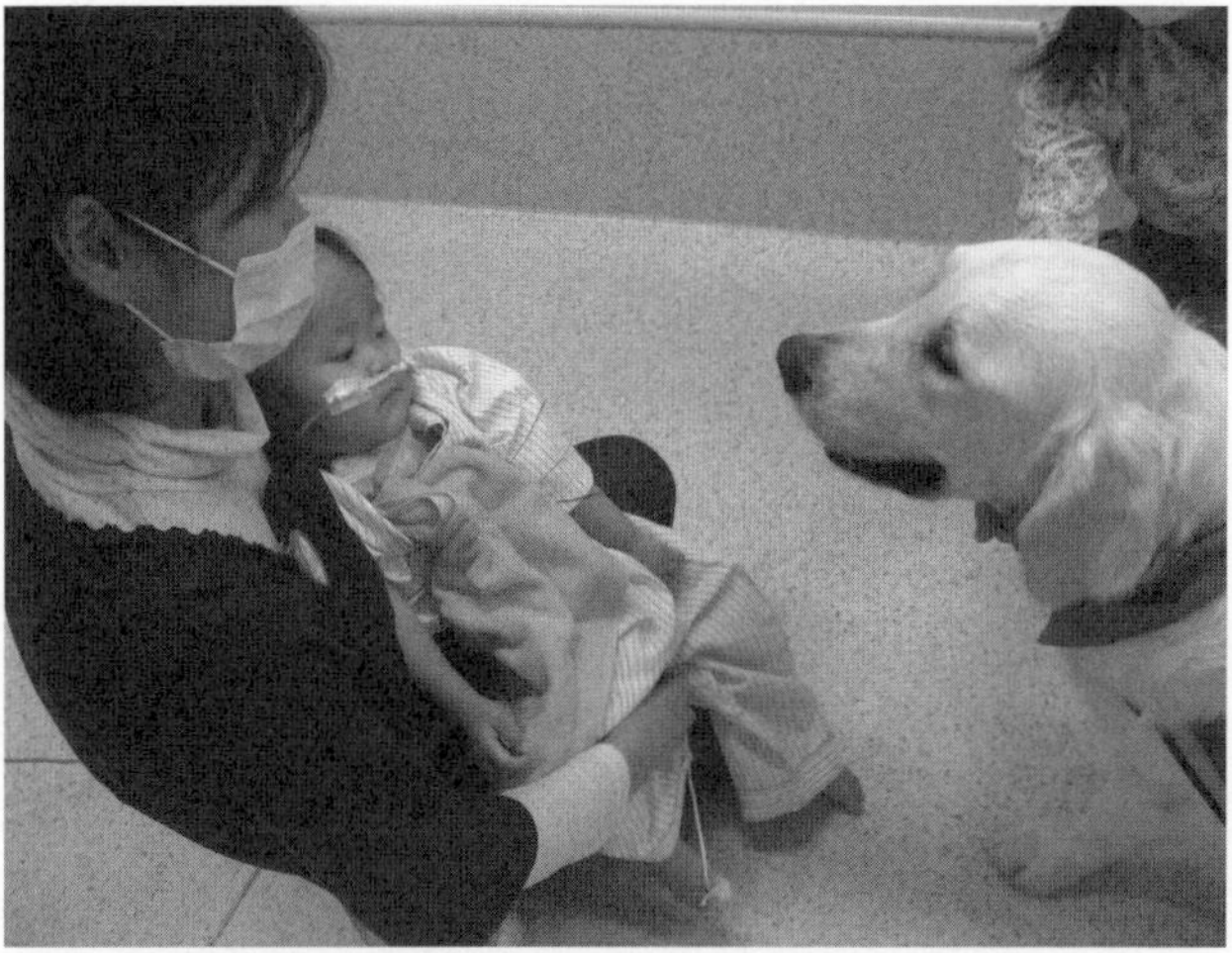

集中治療室《しゅうちゅうちりょうしつ》でベイリーとふれあう、ゆづきくん。

ベイリーは、うごかずにいるけれど、ほんとうは、

（ぼくも、大好《だいす》きだよ。）

って、ゆづきくんの顔《かお》をなめたいのを、がまんしているように見《み》えた。

ゆづきくんは、ベイリーの耳《みみ》をさわったり、頬《ほお》をすりよせたりして、ときどき、お母《かあ》さんの顔《かお》を見《み》て、にっこりと笑《わら》う。

悪《わる》いところがあるなんて信《しん》じられないくらい、笑顔《えがお》がかわいい。

だけど、ゆづきくんは、脳《のう》のガンだった。

ベイリーと出会《であ》う二か月《げつ》まえ。ゆづきくんは、一歳《さい》の誕生日《たんじょうび》のすぐあとに、とつぜん吐《は》いて病院《びょういん》にやってきた。

脳《のう》は、からだにいろんな命令《めいれい》を出《だ》すところ。手《て》に命令《めいれい》を出《だ》すところがガンになれば、手《て》がうごかなくなるし、目《め》に命令《めいれい》を出《だ》すところにガンができれば、目《め》が見《み》えなくなる。

ゆづきくんのガンは、呼吸《こきゅう》をするところに命令《めいれい》を出《だ》すところだった。

だから、すぐに呼吸《こきゅう》がとまってしまう。それも、泣《な》いたときに。

笑《わら》ったり、ごはんを食《た》べたりしているときは、だいじょうぶなのに、なぜか、泣《な》いたときだけ呼吸《こきゅう》がとまる。

一歳《さい》のこどもに、『泣《な》いちゃだめ。』っていってもむりなこと。

しばらくすると、ゆづきくんは、集中治療室《しゅうちゅうちりょうしつ》を出《で》てふつうの病棟《びょうとう》にうつったけれど、泣《な》くたびに呼吸《こきゅう》がとまるので、すぐに集中治療室《しゅうちゅうちりょうしつ》にもどることになった。

ただ、呼吸《こきゅう》がとまることをのぞけば、ゆづきくんは、ふつうの一歳《さい》の男《おとこ》の子《こ》だ。

絵本《えほん》も見《み》る。

おもちゃのクルマにのって、あちこちいくことだってできる。

だけど、ゆづきくんがうごけるのは、集中治療室《しゅうちゅうちりょうしつ》のなかだけ。

太陽《たいよう》の光《ひかり》も、緑《みどり》の木々《きぎ》もなければ、すべり台《だい》も砂場《すなば》もない。

ほかのこどもたちは、みんなベッドの上《うえ》にいる。いっしょに遊《あそ》んでくれる友《とも》だちはいない。

そんななか、ベイリーがいけば、ごきげんな顔《かお》を見《み》せてくれた。泣《な》いて呼吸《こきゅう》がとまることもない。

『大好《だいす》きな犬《いぬ》と、ふれあわせてあげたい。』

ご両親《りょうしん》の希望《きぼう》で、ベイリーが病院《びょういん》にいく日《ひ》は集中治療室《しゅうちゅうちりょうしつ》にもいく、というより、ゆづきくんに会《あ》いにいくことになった。

ベイリーがいくと、ゆづきくんは、すごくよろこんでくれる。そして、さいしょに会《あ》ったときとおなじように、ベイリーに抱《だ》きついてにこにこと笑《わら》ってくれる。

ベイリーを必要《ひつよう》としてくれる子《こ》が、ここにいる。

ゆづきくんの笑顔《えがお》は、わたしに勇気《ゆうき》をくれた。

週《しゅう》に三日《みっか》だけど、こうして病院《びょういん》に通《かよ》ううちに、少《すこ》しずつベイリーのファンがふえていった。

「ベイリーに会《あ》ったよ！」

こどもたちが、あちこちでうれしそうに話《はなし》をしている。

看護師《かんごし》さんたちも、こどもたちのお父《とう》さんやお母《かあ》さんに、ベイリーのことを説明《せつめい》して、会《あ》ってくれるこどもをふやしてくれる。

そのうち、ナースステーションの前《まえ》だけじゃなく病棟《びょうとう》の奥《おく》まで自由《じゆう》に入《はい》れるようになった。ひとつ、またひとつと、ほかの病棟《びょうとう》にもまわれるようになった。

いつのまにか、ベイリーの小《ちい》さな応援団《おうえんだん》ができて、病院《びょういん》のろうかに、ベイリーを紹介《しょうかい》するポスターを作《つく》ってくれた。

見《み》たときは、うれしくて泣《な》きそうになった。

ポスターには、ベイリーとこどもたちのたくさんの写真《しゃしん》がはられ、いちばん上《うえ》には大《おお》きくこう書《か》かれていた。

『ベイリー、大好《だいす》き！』

だんだん、ベイリーのかつやくの場《ば》が広《ひろ》がっていった。

13 高校生《こうこうせい》の真子《まこ》ちゃん

こども病院《びょういん》は、〇歳《さい》から十五歳《さい》くらいまでのこどものための病院《びょういん》だ。

だけど、なかには、ずっと入院《にゅういん》しているあいだに、十五歳《さい》をこえる子《こ》もいる。

血液腫瘍科《けつえきしゅようか》に入院《にゅういん》している真子《まこ》ちゃんも、そのひとりだった。

「ベイリー、かわいい。大好《だいす》き！」

わたしたちが、血液腫瘍科《けつえきしゅようか》のナースステーションまでしかいけなかったときから、病室《びょうしつ》から出《で》てきて、ベイリーをいっぱいなでてくれた真子《まこ》ちゃん。

真子《まこ》ちゃんは、血液《けつえき》のガン。白血病《はっけつびょう》だった。

血液腫瘍科《けつえきしゅようか》の病棟《びょうとう》にいくと、こどもたちが集《あつ》まってくる。

プレイルームでベイリーがごろんと横《よこ》になると、小《ちい》さなこどもたちが、手《て》をのばしてなでてくれる。だけど、真子《まこ》ちゃんは、ベイリーにさわろうとはせず、そのようすを後《うし》ろから見《み》ているだけだ。

これは、真子《まこ》ちゃんの作戦《さくせん》だ。

「さいごにきて。」

そういって、ベイリーに、自分《じぶん》の病室《びょうしつ》にきてもらうのだ。

「だって、そうじゃないと、ベイリーに思《おも》いきりさわれないんだもん。わたしは、ここではお姉《ねえ》さんだから、プレイルームで小《ちい》さな子《こ》をおしのけて、ベイリーのそばにいけないでしょう?」

真子《まこ》ちゃんの病室《びょうしつ》に入《はい》ると、ベイリーがしっぽをふっている。

真子《まこ》ちゃんが、ベイリーをぎゅうっと抱《だ》きしめる。

「かわいい。ふわふわ。」

そういいながら、ずっとベイリーを見《み》つめてなでている。

ドアがあいた。

顔《かお》を見《み》せたのは、真子《まこ》ちゃんを担当《たんとう》する看護師《かんごし》さんだった。

「あれえ、ベイリー。ここにいたの。」

真子《まこ》ちゃんとベイリーが、そろってふりむく。

「真子《まこ》ちゃん、ベイリーがきたときだけだよね、ちゃんと歩《ある》くの。」

看護師《かんごし》さんにいわれて、真子《まこ》ちゃんが首《くび》をすくめる。

「この、わがまま娘《むすめ》。もっと歩《ある》いて体力《たいりょく》つけなきゃいけないのに、いつも病室《びょうしつ》にこもってばかり。ぜんぜんいうことをきかないんだから。」

看護師《かんごし》さんがいうと、真子《まこ》ちゃんが、怒《おこ》られちゃったという顔《かお》をした。

「だって、外《そと》に出《で》たってつまらないんだもの。みんな、小《ちい》さなこどもばっかりで、話《はなし》なんてあわないし。」

こどもたちをはげましにくるピエロも、風船《ふうせん》をふくらませて遊《あそ》んでくれるおじさんも、高校生《こうこうせい》の真子《まこ》ちゃんにとってはたいくつなだけだ。

「病気《びょうき》になんて、ならなかったら……。」

真子《まこ》ちゃんが、手元《てもと》に視線《しせん》を落《お》とす。

真子《まこ》ちゃんのきもちが、伝《つた》わってきた。

病気《びょうき》になんてならなかったら、真子《まこ》ちゃんは、入《はい》ったばかりの高校生活《こうこうせいかつ》を楽《たの》しんでいたはずだった。

「部活《ぶかつ》はね、バスケットボールをやっていたんだ。」

さらさらの髪《かみ》をゆらしながら、ボールを追《お》いかける真子《まこ》ちゃんのすがたが想像《そうぞう》できる。きびしい練習《れんしゅう》も、チームメイトといっしょなら楽《たの》しかっただろう。

友《とも》だちと机《つくえ》をならべて勉強《べんきょう》して、授業《じゅぎょう》が終《お》わるとバスケットボールをして。

休《やす》みの日《ひ》には、友《とも》だちと遊《あそ》びにいったり、おしゃれをしたり。

好《す》きな男《おとこ》の子《こ》だって、いたかもしれない。

そんな時間《じかん》を、真子《まこ》ちゃんはぜんぶ、病気《びょうき》にうばわれたのだ。

ふと、真子《まこ》ちゃんが、首《くび》の後《うし》ろに手《て》をあてた。

そこは、病気《びょうき》になるまえの真子《まこ》ちゃんが、ずっとのばしていた長《なが》くてきれいな髪《かみ》があるはずだった。

治療《ちりょう》の副作用《ふくさよう》で、すべての髪《かみ》がぬけおちていた。

髪《かみ》だけじゃない。まゆげも。まつげも。

顔《かお》は、ふっくらとしているけれど、これも、副作用《ふくさよう》でむくんでいるのだった。

「だから。髪《かみ》はまたはえるって。」

看護師《かんごし》さんが、だいじょうぶだからと元気《げんき》づける。

「もう、この子《こ》ったら、こんな顔《かお》じゃだれにも会《あ》いたくないって、友《とも》だちのお見舞《みま》いはぜんぶことわるし、お母《かあ》さんにも反抗《はんこう》しちゃって、会《あ》いにきても毛布《もうふ》をかぶって言葉《ことば》もかわさないのよ。」

真子《まこ》ちゃんが入院《にゅういん》してから、ずっと担当《たんとう》している看護師《かんごし》さんは、ほんとうのお姉《ねえ》さんのような口調《くちょう》でしかっている。

「ベイリー。」

真子《まこ》ちゃんが、話《はなし》をそらすようにベイリーのあたまをなでて、話《はな》しかける。

「ベイリーは、かわらないもんね。わたしの髪《かみ》がなくても、わたしの顔《かお》がむくんでいても、ぜんぜんかわらずに、わたしのそばにいてくれるもんね。」

ベイリーが、真子《まこ》ちゃんを見《み》つめる。

(髪《かみ》なんて関係《かんけい》ないよ。真子《まこ》ちゃんは真子《まこ》ちゃんだよ。)

そう、いっているみたいだ。

「ねえ、優子《ゆうこ》さん。」

真子《まこ》ちゃんが、わたしの目《め》を見《み》ながらきいてきた。

「ベイリー、どうして、週《しゅう》に三日《みっか》だけなの？　毎日《まいにち》、きてくればいいのに。」

「ごめんね。ベイリーもきたいんだけど、そういう決《き》まりなんだ。」

ほんとに、毎日《まいにち》こられたらいいのに。

もっとたくさん、いっしょにいられたらいいのにって思《おも》う。

「そっか、決《き》まりなんだ。毎日《まいにち》きてよ。ベイリー。ずうっといてくれればいいのに。」

真子《まこ》ちゃんは、そういいながら、ベイリーを愛《いと》おしそうになでていた。


静岡県立《しずおかけんりつ》こども病院《びょういん》にいくようになって半年《はんとし》ほどたった、二〇一〇年《ねん》の夏《なつ》。

病院《びょういん》のえらい先生《せんせい》や、看護部長《かんごぶちょう》さんの会議《かいぎ》がひらかれた。

『ベイリーに、毎日《まいにち》きてもらいましょう。』という話《はな》しあいがおこなわれたのだ。

反対《はんたい》する人《ひと》はいなくて、ベイリーは、毎日《まいにち》、病院《びょういん》にいけることになった。

病院《びょういん》の担当《たんとう》の人《ひと》にそういわれて、わたしは心《こころ》がおどった。

「ベイリー!」

ベイリーが、

(なに、なに?)

って顔《かお》をして、よろこぶわたしを見《み》つめている。

「来週《らいしゅう》からね、毎日《まいにち》、病院《びょういん》にいくよ。もっとみんなを笑顔《えがお》にできるよ!」

わたしが、そういうと、

(なんだかわからないけれど、楽《たの》しそうだぞ。ぼくのパートナーがよろこんでいるから、きっといいことなんだ!)

そんな顔《かお》をしている。

病院《びょういん》で、ベイリーのそばで、笑《わら》っているこどもたちの顔《かお》が次々《つぎつぎ》に浮《う》かんでくる。

もっともっと、笑顔《えがお》にできる。

ベイリー、やったね。がんばろうね。

月曜日《げつようび》になった。

今日《きょう》から、毎日《まいにち》、通《かよ》える。

わたしは、わくわくしながら病棟《びょうとう》をまわった。

訪問《ほうもん》の時間《じかん》が終《お》わって、次《つぎ》の病棟《びょうとう》へとうつるときは、いつもこどもたちが、

「もう、帰《かえ》っちゃうの？」

と、悲《かな》しそうな顔《かお》をする。だけど、今日《きょう》からはいえる。

「また、明日《あした》くるよ。」

こどもたちが、顔《かお》を輝《かがや》かせる。

こどもにとって、明日《あした》は、ひとつねればすぐにくる日《ひ》。

「明日《あした》もくるの？」

こどもたちが、たずねる。

「うん、くるよ。」

「じゃあ、ぼく、明日《あした》わたせるように、ベイリーにお手紙《てがみ》をかく！」

「わたしも！」

「ほんとう？　うれしいね、ベイリー。じゃ、明日《あした》ね。」

こどもたちが、〝明日《あした》〟を楽《たの》しみにしてくれる。

わたしは、うれしくて胸《むね》がいっぱいになった。


血液腫瘍科《けつえきしゅようか》の病棟《びょうとう》ではいつものように、さいごは、真子《まこ》ちゃんの病室《びょうしつ》だった。

「ベイリー、待《ま》っていたよ！」

真子《まこ》ちゃんが、ベッドからからだを起《お》こして笑顔《えがお》になる。となりに、担当《たんとう》の看護師《かんごし》さんがいた。

「優子《ゆうこ》さん、きいてよ。真子《まこ》ちゃんったら、院長先生《いんちょうせんせい》のところに直談判《じかだんぱん》にいったのよ。」

「直談判《じかだんぱん》？」

おどろいて真子《まこ》ちゃんを見《み》ると、えへへ、と笑《わら》っている。

「だって、ベイリーにきてほしかったんだもの。」

「直談判《じかだんぱん》って、どういうこと？」

「ベイリーに、毎日《まいにち》きてもらえるよう、お願《ねが》いしたの。」

「院長先生《いんちょうせんせい》に？」

「うん！」

わたしは、口《くち》をあけたまま、真子《まこ》ちゃんの顔《かお》を見《み》た。

だって、院長《いんちょう》なんて、えらい先生《せんせい》たちか、看護師《かんごし》のなかでも看護師長《かんごしちょう》さんくらいしか会《あ》えない。

だけど、ベイリーが、毎日《まいにち》こられるようになったのは、それがきっかけだったんだ。

「どこで院長先生《いんちょうせんせい》に会《あ》ったの？」

わたしがたずねると、真子《まこ》ちゃんは、さらりといった。

「院長室《いんちょうしつ》にいったの。」

「ど、どうやって？」

「このまえ、アンナちゃんと図書室《としょしつ》にいったんだ。」

アンナちゃんは、少《すこ》しまえに白血病《はっけつびょう》で入院《にゅういん》してきた、真子《まこ》ちゃんよりひとつ年下《としした》の女《おんな》の子《こ》だ。

白血病《はっけつびょう》は、治療《ちりょう》の時期《じき》によっては、吐《は》き気《け》がつづいてベッドから起《お》きあがれないくらいつらいことがある。

ふたりが会《あ》えるときは、これまであまりなかったけれど、そのときは、ふたりとも歩《ある》けるくらい具合《ぐあい》がよかったみたいだ。

「アンナちゃんと本《ほん》をさがしながら、ベイリーの話《はなし》になってね。毎日《まいにち》、こられればいいのにって話《はな》していたの。」

真子《まこ》ちゃんは、ゆっくり話《はな》しはじめた。

「わたしが、『だれにいったら、毎日《まいにち》きてもらえるようになるかな。』っていったら、アンナちゃんが、『院長先生《いんちょうせんせい》じゃない？』って。」

たしかに、そのとおりだけれど。

「でね、院長先生《いんちょうせんせい》の部屋《へや》って、この図書室《としょしつ》の上《うえ》だよねって。」

それは、そうだけれど。

「わたしが、『いっちゃう？』っていったら、アンナちゃんも『いっちゃおっか。』って。」

そんな、かんたんに！

「でね、いってみた。」

担当《たんとう》の看護師《かんごし》さんが、わたしのとなりで、あちゃーという顔《かお》をしていた。

「院長先生《いんちょうせんせい》、お部屋《へや》にいらしたの？」

「うん。ちょっとびっくりしていた。」

そりゃそうだよね。いきなり患者《かんじゃ》さんが、入《はい》ってくるんだもの。

「ふたりでお願《ねが》いしたんだ。ベイリーを毎日《まいにち》にしてくださいって。」

真子《まこ》ちゃんは、そのときのことを思《おも》いだしたのか、真剣《しんけん》な顔《かお》になってつづけた。

「健康《けんこう》な人《ひと》に、わたしたちのきもちは、わからないんですって。」

真子《まこ》ちゃんは、ベイリーをなでる手《て》をとめて、ベイリーを見《み》つめていた。

そうだ。

家族《かぞく》といっしょに生活《せいかつ》できないこと。

学校《がっこう》にいけないこと。

友《とも》だちに会《あ》えないこと。

授業《じゅぎょう》がうけられないこと。

好《す》きなものを、食《た》べられないこと。

髪《かみ》が、ぜんぶなくなってしまうこと。

自分《じぶん》の顔《かお》とは思《おも》えないくらい、顔《かお》がむくんではれてしまうこと。

一日中《いちにちじゅう》、なんども吐《は》いて、ベッドから起《お》きあがれない日《ひ》がつづくこと。

楽《たの》しいことや、未来《みらい》への夢《ゆめ》や希望《きぼう》を、すべてうばわれるきもち。

昨日《きのう》、となりの病室《びょうしつ》にいた子《こ》が、今日《きょう》はもう天国《てんごく》にいっている。

次《つぎ》は、自分《じぶん》の番《ばん》かもしれない、明日《あした》の朝《あさ》がこないかもしれないと思《おも》うこわさ。

きっと、わたしだってぜんぶ、わかってあげられていない。

真子《まこ》ちゃんも、アンナちゃんも、ううん、この血液腫瘍科《けつえきしゅようか》の病棟《びょうとう》にいるこどもたちは、みんなそんなふうに、毎日《まいにち》をすごしているのだ。

「でもね！」

真子《まこ》ちゃんの表情《ひょうじょう》が、ぱっと明《あか》るくなる。

「わたし、毎日《まいにち》が、つらいだけだった。明日《あした》も、おなじようにつらい日《ひ》がくるだけだと思《おも》っていた。だけど、ベイリーに会《あ》えるようになってからは、楽《たの》しい。ベイリー、これからは毎日《まいにち》、会《あ》えるね！」

ベイリーを、ぎゅうっと抱《だ》きしめる。

ベイリーは、まつげをゆらしてなんどかまばたきしながら、真剣《しんけん》な顔《かお》をして真子《まこ》ちゃんに抱《だ》きしめられていた。

(真子《まこ》ちゃんがつらいことも、がんばっていることも、ぼく、知《し》っているよ。)

わたしには、そんな顔《かお》をしているように見《み》える。

ベイリーは、あたまがいい。ほかの人《ひと》がなにを思《おも》っているか、わずかな表情《ひょうじょう》のちがいをちゃんと感《かん》じている。

きっと、真子《まこ》ちゃんをいっぱい応援《おうえん》しているはずだ。

これからは、毎日《まいにち》、真子《まこ》ちゃんにも会《あ》えるね。

いっぱい、応援《おうえん》しようね、ベイリー。

わたしは、真子《まこ》ちゃんの病室《びょうしつ》を出《で》るときに、声《こえ》をかけた。

「真子《まこ》ちゃん。また、明日《あした》、ね。」

「うん。明日《あした》!」

真子《まこ》ちゃんは、とびきりの笑顔《えがお》を見《み》せてくれた。

14 ゆづきくんの退院《たいいん》

わたしたちが毎日《まいにち》、病院《びょういん》にいけるようになったころ、集中治療室《しゅうちゅうちりょうしつ》にいたゆづきくんが退院《たいいん》した。

ほんとうなら『退院《たいいん》、おめでとう。』

だけど、ゆづきくんは、そうじゃない。

ゆづきくんは、ほんとうにがんばって、なんどもなんども手術《しゅじゅつ》をうけた。だけど、もうこれ以上《いじょう》はどうすることもできなくなった。

だったら、その日《ひ》まで、家《いえ》で、家族《かぞく》といっしょに生活《せいかつ》したい。そう、ゆづきくんのお父《とう》さんとお母《かあ》さんが決《き》めたのだ。

泣《な》くと呼吸《こきゅう》がとまる。そのときちんと対応《たいおう》しないと亡《な》くなってしまうから、お父《とう》さんもお母《かあ》さんも、病院《びょういん》とおなじように対応《たいおう》できるよう、先生《せんせい》や看護師《かんごし》さんと、なんども練習《れんしゅう》をしていた。

わたしは、仕事《しごと》が終《お》わったらときどき、ゆづきくんの家《いえ》によることにした。

これは、仕事《しごと》ではなく、わたしが勝手《かって》に決《き》めたこと。

だって、ゆづきくんは、わたしが不安《ふあん》でしかたなかったときに、笑顔《えがお》でベイリーを抱《だ》きしめて、わたしたちを応援《おうえん》してくれたんだもの。

わたしもできるかぎり、ゆづきくんを応援《おうえん》したい。


「ゆづくん、きたよ。」

ゆづきくんの家《いえ》の玄関《げんかん》をあけると、大《おお》よろこびのゆづきくんが待《ま》っていた。

『ベイリー！』

ほんとうは、そういいたかったはずだ。

だけど、ゆづきくんの声《こえ》は出《で》ない。

いつ、呼吸《こきゅう》がとまるかわからないゆづきくんのために、のどのところに緊急用《きんきゅうよう》のチューブがうめこまれていた。

これをつけると、声《こえ》が出《だ》せなくなる。

声《こえ》が出《で》ないゆづきくんは、

(待《ま》っていたよ、ベイリー、いっしょに遊《あそ》ぼう!)

と、からだ全体《ぜんたい》で伝《つた》えてくる。

リビングにいき、ねそべっているベイリーの上《うえ》にのったり、もたれたり。

ベイリーも、やさしい目《め》で、ゆづきくんを見《み》ている。

そんなふたりを(ひとりと一頭《とう》だけど)、お父《とう》さんとお母《かあ》さんが、やさしく見《み》まもっている。

するとベイリーが、とつぜん、ゆづきくんの顔《かお》をなめた。

ぺろり。

(大好《だいす》き。)

ふたりは、言葉《ことば》をかわすことはできないけれど、ふれあい見《み》つめあい、おたがいに大好《だいす》きだよっていうきもちでつながっていた。

「ゆづくん。ベイリー、そろそろ帰《かえ》るね。」

わたしがそういうと、ゆづきくんは、わたしを見《み》あげて、

ぺろり。ゆづきくん、大好《だいす》き。

（もうかえるの？　もっといてよ。）

という顔《かお》をする。

ずっと、いっしょにいられるといいんだけれど。

「ごめんね。また、くるよ。ベイリーと遊《あそ》んでね。」

わたしは、また、という言葉《ことば》に力《ちから》をこめた。

また、遊《あそ》べますように。

また、また、また、が、ずうっとつづきますように。

リビングを出《で》て玄関《げんかん》にむかうと、ゆづきくんが追《お》いかけてくる。

お母《かあ》さんが、ゆづきくんが玄関《げんかん》から出《で》ていかないように、かるくゆづきくんの肩《かた》に手《て》をそえている。

「じゃあね。またね。」

わたしは、そういってゆづきくんに手《て》をふり、ドアをあけて外《そと》に出《で》た。

そして、ゆっくりとドアがしまりかけたそのとき。

「べ、い、りぃ！」

ゆづきくんの声《こえ》がした。

出《で》るはずのない声《こえ》。

ゆづきくんは、ベイリーをよびとめたくて、口《くち》からではなくチューブを使《つか》って〝声《こえ》〟を出《だ》していた。

玄関《げんかん》のなかにいる、お母《かあ》さんと目《め》があった。

お母《かあ》さんは、

(そのまま、帰《かえ》ってください。)

というかのように、しっかりとうなずいた。

ここでわたしがもどったら、ゆづきくんは、よべばベイリーがもどってくると思《おも》うようになる。でも、よばれてももどれないことだってある。

(よんだのに、ベイリーが、もどってきてくれなかった!)

そのほうが、ゆづきくんが傷《きず》つく。

だったら、気《き》づかないふりをしたほうがいい。

わたしは、そっとドアをしめた。

15　ハンドラーとして

入院《にゅういん》しているこどものなかには、生《う》まれたときからずっと、この病院《びょういん》にいる子《こ》もいる。

こども病院《びょういん》にいると、赤《あか》ちゃんが、元気《げんき》に生《う》まれてくることは、奇跡《きせき》のようなことなんだなって思《おも》う。

そのうちのひとりは、生《う》まれつき目《め》が見《み》えない赤《あか》ちゃんだった。

目《め》が見《み》えないから、手《て》にふれるものがこわい。

おもちゃも、ふわふわのぬいぐるみも、手《て》にちょっとでもふれると大《おお》きな声《こえ》で泣《な》きだした。

「こわいね、ごめんね。」

お母《かあ》さんも、看護師《かんごし》さんもこまっていた。

ある日《ひ》、プレイルームで横《よこ》になっているベイリーのところに、赤《あか》ちゃんを抱《だ》いた病院《びょういん》の保育士《ほいくし》さんがやってきた。ベイリーがまったくうごかずに、じっとしているのを見《み》て、保《ほ》育士《いくし》さんは、そうっと赤《あか》ちゃんをおろしてベイリーのとなりにねかせてみた。

赤《あか》ちゃんが、手《て》をのばしてうごいたとき、ベイリーのせなかにふれる。

（あっ、また、泣《な》きだす？）

まわりで、みんなが心配《しんぱい》したけれど、その瞬間《しゅんかん》、赤《あか》ちゃんはにっこりと笑《わら》ったのだ。

「えっ、笑《わら》った？」

「うそ！」

「ベイリー、すごい！」

「写真《しゃしん》！　写真《しゃしん》とって、お母《かあ》さんに見《み》せてあげなくちゃ！」

その日《ひ》はまだきていないお母《かあ》さんのために、看護師《かんごし》さんが、あわててカメラを用意《ようい》している。

ベイリーにふれることができた女《おんな》の子《こ》は、それから少《すこ》しずつ、ほかのものをさわっても泣《な》かなくなった。

わたしは、病棟《びょうとう》にいくたびに、赤《あか》ちゃんに声《こえ》をかけた。

「ベイリーきたよ。」

お母《かあ》さんが、赤《あか》ちゃんの手《て》をとって、ベイリーにふれさせる。

「ふわふわだね。きもちいいね。」

お母《かあ》さんが、赤《あか》ちゃんにやさしく話《はな》しかけている。

赤《あか》ちゃんは、ベイリーのせなかをさわって笑《わら》っている。

「大《おお》きくなったら、盲導犬《もうどうけん》と生活《せいかつ》するかもしれないですよね。犬《いぬ》がきらいじゃないってわかってよかったです。」

お母《かあ》さんが、うれしそうに話《はなし》をしてくれる。

おすわりしながら、じっとしていたベイリーは、ふたりのそばで、ごろんと横《よこ》になった。

「もっとなでてって、いっているんです。」

わたしがそういうと、お母《かあ》さんはうれしそうに笑《わら》った。

目《め》が見《み》えない赤《あか》ちゃん。

ずっと意識《いしき》がないままのこども。

いつ、退院《たいいん》できるかわからない病気《びょうき》の子《こ》。

こどもたちだけじゃなく、その家族《かぞく》にも、不安《ふあん》なことがたくさんある。

だれかに、話《はなし》をきいてほしい。

そんな表情《ひょうじょう》をしているお母《かあ》さんたちを、ベイリーはすぐに見《み》つけた。

病棟《びょうとう》を歩《ある》いていると、部屋《へや》の前《まえ》でふっと立《た》ちどまるのだ。なかを見《み》ると、不安《ふあん》そうな顔《かお》のお母《かあ》さんがいた。

病院《びょういん》の先生《せんせい》や、看護師《かんごし》さんにはいいにくいことも、わたしになら、いってもらえるかもしれない。

わたしは、ベイリーが見《み》つけたお母《かあ》さんたちに声《こえ》をかけるようにした。

声《こえ》をかけるうちに、お母《かあ》さんは心《こころ》をひらいて、こどものこと、治療《ちりょう》のこと、これからのことなど、つらいきもちを打《う》ちあけてくれる。

お母《かあ》さんは、話《はなし》をしながらベイリーをなでて、話《はなし》のさいごには、

「ね、ベイリー。がんばるからね。」

って、いってくれる。

話《はなし》をきく。ベイリーがそばにいる。

ただ、それだけのことだけれど、話《はなし》をしたあとのお母《かあ》さんたちの表情《ひょうじょう》が、ほんのちょっと明《あか》るくなるのがうれしかった。


プレイルームにベイリーがいくと、まわりにすわりきれないくらい、こどもたちが集《あつ》まってくれるときがある。

たくさんのこどもが、ベイリーのまわりにすわると、後《うし》ろの子《こ》はベイリーにさわれない。そんなときは、前《まえ》の列《れつ》にいる子《こ》が、ほんのちょっとうごいて、後《うし》ろの子《こ》がさわれるようにしてあげる。

病院《びょういん》のなか。こどもたちは、ベイリーを通《つう》じて、友《とも》だちへのやさしさを学《まな》んでいるみたいだ。

女《おんな》の子《こ》は、あたまをなでる子《こ》が多《おお》い。

犬《いぬ》がこわいけれど、ベイリーにさわってみたいという子《こ》は、しっぽから挑戦《ちょうせん》している。

男《おとこ》の子《こ》たちは、ベイリーのくちびるをつかんで、びろーんとのばしてみたり。

そのあいだも、ベイリーはじっとしている。

わたしは、こどもたちの相手《あいて》をしながら、ベイリーがいやがっていないか、ベイリーのようすをチェックする。

ベイリーが緊張《きんちょう》すると、わかる。

ほんのちょっとだけ、ようすが変《か》わるのだ。

わずかなちがいだけれど、ハンドラーは、それを見《み》のがさないことがたいせつ。

ようすがちがうなと思《おも》ったら、少《すこ》しはやめに終《お》わらせたり、いつもよりがんばった日《ひ》は、ひかえ室《しつ》にもどったときにたくさんなでてあげたり。

ときには、患者《かんじゃ》さんがとおらないろうかで、ボール遊《あそ》びをする。

だって、ベイリーが病院《びょういん》をきらいになってしまったらたいへんだから。病院《びょういん》って楽《たの》しいところだって思《おも》っていてほしい。

ときどき、手《て》のあいた先生《せんせい》が遊《あそ》んでくれる。

先生《せんせい》がボールを投《な》げて、いっしょに追《お》いかけてくれるから、ベイリーもとてもうれしそう。

看護師《かんごし》さんたちも、時間《じかん》のあるときは、いっぱいなでてくれる。
うれしいね。ベイリー。
病院《びょういん》のなかは、ベイリーのことを好《す》きな人《ひと》がいっぱいだよ。

16　ベイリーのかつやく

こどもたちのために、なにができるのか。わたしはベイリーといっしょに、くふうしていった。

いつもベイリーをなでてくれる四歳《さい》のトモカちゃんが、ベッドの上《うえ》で泣《な》いていた。

ベッドのわきで、お母《かあ》さんが、こまった顔《かお》をしている。

「あれえ、どうしちゃったかな？」

わたしが声《こえ》をかけると、ベイリーも、

（どうしたの？）

って顔《かお》をして、トモカちゃんを見《み》あげている。

「薬《くすり》を、飲《の》んでくれないんです。」

お母《かあ》さんが、手《て》のひらにある薬《くすり》を見《み》せてくれる。

「薬《くすり》、いやなの？」

わたしがたずねると、トモカちゃんは泣《な》き声《ごえ》をいちだんと大《おお》きくした。

「こまっちゃったね、ベイリー。」

そのとき、わたしはあることを思《おも》いついた。

いつももっているバッグのなかをさがす。

あった、あった。

とりだしたのは、ベイリーの健康《けんこう》のために毎日《まいにち》あげている、魚《さかな》の栄養《えいよう》が入《はい》ったカプセル。これをあげると、ベイリーの毛《け》なみがきれいになる（らしい）。

カプセルは、薬《くすり》とおなじかたちをしていた。

「トモカちゃん。」

声《こえ》をかけて、トモカちゃんにカプセルを見《み》せる。

「ベイリーもね、お薬《くすり》、飲《の》まなくちゃいけないんだ。」

（おくすり？）

トモカちゃんが、涙《なみだ》まみれの顔《かお》で、わたしの手元《てもと》を見《み》つめている。

「トモカちゃんのといっしょだね。ベイリー、うまく飲《の》めるかなあ。」

ベイリーに、カプセルを見《み》せると、食《く》いしん坊《ぼう》のベイリーは、おいしいものだと思《おも》って、

(はやくちょうだい!)

って顔《かお》をして、目《め》を輝《かがや》かせている。

ベイリーは、はやくほしくて自分《じぶん》からおすわりをすると、もう、がまんできないとばかりに前足《まえあし》でステップをふんでいる。

「ベイリーといっしょに、飲《の》もうか?」

トモカちゃんが、うなずいた。

お母《かあ》さんが、トモカちゃんの小《ちい》さな手《て》の上《うえ》に薬《くすり》をのせる。

わたしは、準備《じゅんび》ができたのをたしかめて、声《こえ》をかけた。

「せえの!」

ベイリーにカプセルを近《ちか》づけると、ベイリーは、ぺろりとひと口《くち》に飲《の》みこんだ。

トモカちゃんも、負《ま》けじと薬《くすり》をぱっと口《くち》のなかに入《い》れる。お母《かあ》さんが、水《みず》の入《はい》ったコッ

プをさしだすと、ごくんと飲《の》みこんだ。

「すごい、できたね！」

わたしがいうと、トモカちゃんは、にっこり笑《わら》ってベイリーを見《み》る。

大成功《だいせいこう》。

ベイリーは、

(もう、ないの？　おやつは？)

っていう顔《かお》をして、わたしの手元《てもと》を見《み》つめていた。

ある日《ひ》の昼休《ひるやす》み、真子《まこ》ちゃんを担当《たんとう》している看護師《かんごし》さんが、ひかえ室《しつ》にいるわたしのところにやってきた。ベイリーは、明《あか》るくて元気《げんき》なこの看護師《かんごし》さんのことが大好《だいす》きで、飛《と》びつくようにじゃれて歓迎《かんげい》している。

看護師《かんごし》さんは、おなかを見《み》せて甘《あま》えているベイリーをなでながら、わたしにいった。

「マルクのつきそいって、できるかな。」

マルクは、白血病《はっけつびょう》の患者《かんじゃ》がうける検査《けんさ》のこと。腰《こし》に注射《ちゅうしゃ》の針《はり》を入《い》れて、骨《ほね》のなかの骨髄《こつずい》液《えき》を抜《ぬ》きだす検査《けんさ》だ。

ものすごく痛《いた》い。

痛《いた》みどめの薬《くすり》を使《つか》っても、がまんできないくらい痛《いた》い。

だからこどもには、ねむる薬《くすり》をつかうのだけれど、ねむりながら『いたい！』と叫《さけ》ぶ子《こ》もいる。マルクは、痛《いた》くてこわくて、たまらなくいやな検査《けんさ》なのだ。

なのに、白血病《はっけつびょう》のこどもは、毎月《まいつき》のようにやらなければならない。

一度《ど》だけならともかく、なんどもくりかえす検査《けんさ》。

検査《けんさ》の部屋《へや》にいくときは、地獄《じごく》の入《い》り口《ぐち》にむかう気分《きぶん》だろう。

少《すこ》しでも、こどもたちがこわがらないように、検査《けんさ》をする小《ちい》さな部屋《へや》は、たくさんの造《ぞう》花《か》や、アニメのキャラクターのぬいぐるみでうめつくされていて、機械《きかい》が見《み》えないくふうがしてある。

でも、みんな、この部屋《へや》に入《はい》るのがすごくこわい。

足《あし》がすくんで、入《い》り口《ぐち》で立《た》ちどまり、入《はい》れなくなってしまう子《こ》だっている。

「こどもたち、ベイリーがいてくれたら、がんばれるんじゃないかと思《おも》って。」

看護師《かんごし》さんがいう。

「きっと、力《ちから》になれると思《おも》います！」

こどもたちのやる気《き》を引《ひ》きだす。

ベイリーなら、きっとできる。

わたしは、どうすればこどもたちが、検査室《けんさしつ》にいけるか考《かんが》えた。

検査《けんさ》のときは、自分《じぶん》の病室《びょうしつ》を出《で》るまえからゆううつになる。だったら、病室《びょうしつ》でベイリーと遊《あそ》んでもらい、楽《たの》しいきもちのまま検査室《けんさしつ》にいけるようにしたらどうだろう。

検査《けんさ》の時間《じかん》になる少《すこ》しまえに、七歳《さい》のユイちゃんの病室《びょうしつ》にいく。

こわばった顔《かお》をしていたユイちゃんは、ベイリーを見《み》ると、ほっとした笑顔《えがお》になる。

病室《びょうしつ》でベイリーとふれあううちに、ユイちゃんが落《お》ちついてきたように見《み》える。

「今日《きょう》は、ベイリーがいるからね。いっしょに検査室《けんさしつ》にいこう。」

わたしがそういうと、ユイちゃんがうなずいた。

ベイリーが、いっしょ。ベイリーが、ついてきてくれる。

ひとりじゃないことが、こどもたちにとって、どれだけ心強《こころづよ》いか。

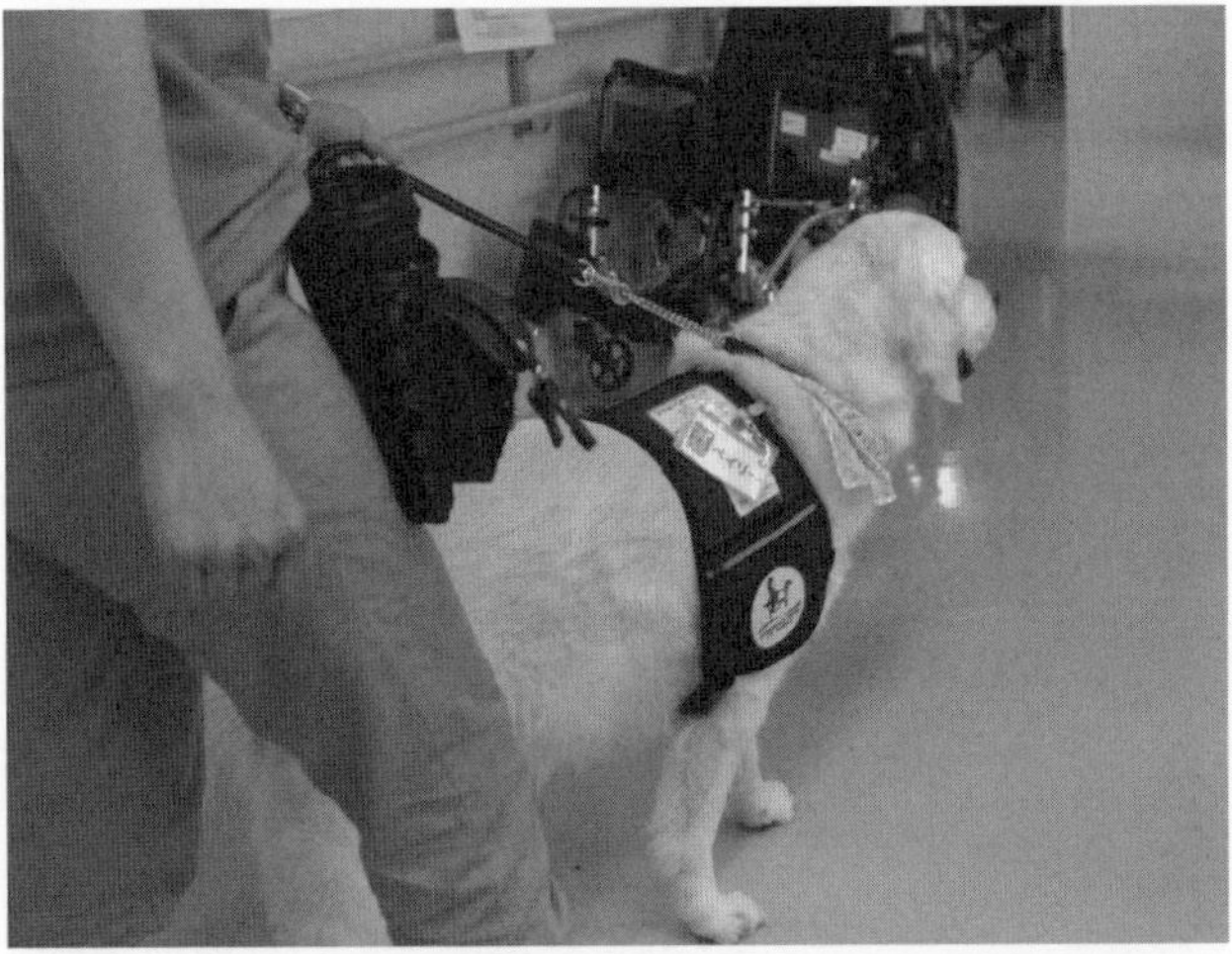

こどもたちの検査《けんさ》につきそって応援《おうえん》するベイリー。

ユイちゃんが、検査室《けんさしつ》にむかう。ベイリーは、

（ぼくがいるよ。）

と、いうように、ユイちゃんのそばを歩《ある》いている。

ユイちゃんは、立《た》ちどまることなく、ベイリーといっしょに検査室《けんさしつ》のなかに入《はい》っていった。

細《ほそ》い検査用《けんさよう》ベッドに、ユイちゃんがねる。

わたしは、先生《せんせい》たちのじゃまにならないように、ユイちゃんのあたまの近《ちか》くにベイリーをつれていく。

「ベイリー、ここにいるよ。」

看護師《かんごし》さんが、ベイリーがそばにいることを、ユイちゃんに伝《つた》えている。

ユイちゃんの手《て》はベイリーをさがして、耳《みみ》にふれたとたん、きゅっとつかんでいる。

「じゃあ、検査《けんさ》をはじめるからね。」

「がんばろうね。」

看護師《かんごし》さんの声《こえ》にうなずいたユイちゃんが、ぎゅっと目《め》をつぶる。

看護師《かんごし》さんが、ふたりがかりで、ユイちゃんのからだがうごかないようにおさえつける。

注射《ちゅうしゃ》の針《はり》が腰《こし》に入《はい》ると、ユイちゃんは小《ちい》さく声《こえ》を出《だ》した。

「いた、い……。」

痛《いた》さで声《こえ》が、ふるえている。

「ベイリーが、いるよ。」

「ベイリー、応援《おうえん》しているからね。」

看護師《かんごし》さんたちが、そういってユイちゃんを勇気《ゆうき》づけている。

ユイちゃんは、ぎゅっと目《め》をつぶったまますうなずいた。

検査《けんさ》をする部屋《へや》は、とてもせまい。

ベッドのまわりには、先生《せんせい》のほかに、三人《にん》の看護師《かんごし》さんがうごきまわっている。

だから、ときどき看護師《かんごし》さんが、

「あ、ごめん、ベイリー。しっぽふんじゃった！」

なんてこともおきる。

だけどベイリーは、おどろいたり吠《ほ》えたりしない。ちらりとそちらを見《み》るだけ。

（いいよ。へいきだよ。）

そんなふうに、ユイちゃんのほうだけを気《き》にしている。

「はい、終《お》わり！」

先生《せんせい》の声《こえ》がした。

「がんばったね。えらかったね。」

「ベイリー、ちゃんと見《み》ていたよ。」

看護師《かんごし》さんが、声《こえ》をかけている。

痛《いた》みどめの薬《くすり》のせいで意識《いしき》がぼんやりしているユイちゃんは、ぼーっとしながらも、ベッドの下《した》で自分《じぶん》のがんばりを見《み》とどけてくれたベイリーを、うれしそうに見《み》つめていた。


「今日《きょう》は、ありがとうね。」

ベイリーに、マルク検査《けんさ》のつきそいをさせてくれた看護師《かんごし》さんが、声《こえ》をかけてくれた。

「うまくいって、よかったです。」

わたしがそういうと、看護師《かんごし》さんが教《おし》えてくれた。

「つらい検査《けんさ》を、やらされているって思《おも》うか、自分《じぶん》でがんばったって思《おも》うかで、そのあとがぜんぜんちがうの。」

看護師《かんごし》さんがつづける。

「自分《じぶん》でがんばった、のりこえたんだって自信《じしん》がつけば、退院《たいいん》したあとにいやなことがあっても、がんばれると思《おも》うんだ。」

わたしは、うなずいた。

ベイリーは、入院《にゅういん》しているあいだだけ、応援《おうえん》しているんじゃない。人生《じんせい》そのものを応援《おうえん》している。看護師《かんごし》さんに、そういわれたようでうれしかった。

マルク検査《けんさ》をがんばったこどもたちには、さらに〝ごほうび〟をしようということになった。

ベイリーとのお昼寝《ひるね》だ。

検査《けんさ》のあとは、しずかに横《よこ》になっていなければいけない。

そのとき、ベイリーといっしょにねられる〝ごほうび〟を提案《ていあん》してみたら、たくさんのこどもたちが、やりたいといってくれたのだ。

この日《ひ》は、九歳《さい》になるユウトくんだった。

「よく、がんばったね。ベイリーが、そばにいるからね。」

わたしは、そう声《こえ》をかけて、ベッドで横《よこ》になっているユウトくんのとなりに大《おお》きなバスタオルをしく。

「ジャンプ・オン。」

ベイリーにベッドにあがるように指示《しじ》を出《だ》すと、ベイリーはひょいと飛《と》びのり、そのままころんと横《よこ》になった。

「あのね。」

ユウトくんが、小《ちい》さな声《こえ》でいう。

痛《いた》い検査《けんさ》のあとは、まだ薬《くすり》もきいていて、しゃべるのもやっとのはずなのにユウトくんはいっしょけんめい、わたしに教《おし》えてくれる。

「ぼくね、この病気《びょうき》になってしあわせだよ。」

「えっ、どうして？」

わたしは、びっくりしてたずねた。

「だって、ベイリーがいっしょにねてくれるんだもん。もしもぼくがこの病気《びょうき》にならなかったら、ベイリーに会《あ》えなかったし、こんなふうにいっしょにねてもらえないでしょう？」

わたしは、泣《な》きそうになった。

どうして、こんなことがいえるんだろう。

病気《びょうき》のせいで、家《いえ》に帰《かえ》れないし、家族《かぞく》ともはなればなれなのに。

薬《くすり》の副作用《ふくさよう》で、なんども吐《は》いたり、熱《ねつ》が出《で》てくるしい思《おも》いをしているのに。

入院《にゅういん》しているこどもたちは、うれしいことや、しあわせを見《み》つける天才《てんさい》だと思《おも》う。

「そっか。ベイリーも、ユウトくんといっしょでうれしいって。ほら、ベイリー、安心《あんしん》して、もう眠《ねむ》っちゃいそう。」

わたしが、そういうと、ユウトくんはベイリーの顔《かお》をのぞきこむ。

ベイリーは、ほんとうに眠《ねむ》っていた。

ユウトくんは、ベイリーが眠《ねむ》っているのを見《み》ると、わたしの顔《かお》を見《み》て、

（ほんとだ！）

って顔《かお》をして笑《わら》う。すごくいい笑顔《えがお》。

ユウトくんは、ベイリーの首《くび》をぎゅっと抱《だ》きしめると、うれしそうな顔《かお》のまま眠《ねむ》りについた。


ベイリーがいると、こどもたちがやる気《き》になる。

治療《ちりょう》もしやすくなる。

とくにほめてくれたのは、麻酔科《ますいか》の先生《せんせい》だ。

麻酔科《ますいか》の先生《せんせい》は、痛《いた》みどめや、手術《しゅじゅつ》のときに患者《かんじゃ》を眠《ねむ》らせる薬《くすり》を担当《たんとう》するお医者《いしゃ》さん。

痛《いた》みどめや、眠《ねむ》らせる薬《くすり》は、治療《ちりょう》や手術《しゅじゅつ》のほかにも、使《つか》うときがある。

たとえば、MRI《エムアールアイ》という検査《けんさ》をするとき。

せまいトンネルのようなところに入《はい》って、何枚《なんまい》も写真《しゃしん》をとられるので、そのあいだの十

五分《ふん》くらいはずっと、じっとしていなければならない。

おとなの患者《かんじゃ》ならかんたんにできるけれど、こどもは、じっとしてなんかいられない。

だから、麻酔科《ますいか》の先生《せんせい》が、こどもの体重《たいじゅう》にあわせて、眠《ねむ》る薬《くすり》の量《りょう》を考《かんが》える。

でも、使《つか》わなくていい薬《くすり》なら、ほんとうは使《つか》わないほうがいい。こどもたちなら、なおさらだ。

麻酔科《ますいか》の先生《せんせい》がいってくれた。

『ベイリーがいると、薬《くすり》の量《りょう》が少《すこ》しですむ。』

マルク検査《けんさ》や放射線治療《ほうしゃせんちりょう》はこわくても、ベイリーがいるとがまんできるようになるから、たくさん薬《くすり》を使《つか》わなくてもいいんだって。

「ベイリー、お願《ねが》い！」

「ベイリー、今日《きょう》、てつだって！」

いつのまにかベイリーには、たくさんの人《ひと》たちから声《こえ》がかかるようになった。

17 真子《まこ》ちゃんの手術《しゅじゅつ》

手術室《しゅじゅつしつ》にも、ついていってあげられるといいのにな。

わたしは、ずっとそう思《おも》っていた。

いつも、手術室《しゅじゅつしつ》にむかうこどもたちは、こわくて泣《な》いている。

マルク検査《けんさ》のときとおなじように、ベイリーといっしょに散歩《さんぽ》のようにいければ、勇気《ゆうき》が出《で》るかもしれない。そう思《おも》ったのだ。

手術《しゅじゅつ》をうけたことのあるこどもにきくと、手術室《しゅじゅつしつ》にむかうときと、手術室《しゅじゅつしつ》で眠《ねむ》らされるときがこわいという。

眠《ねむ》らされるときは、鼻《はな》と口《くち》をいっぺんにおおう、プラスチックのマスクをあてられる。

このマスクをつけたら、いよいよ手術《しゅじゅつ》のはじまり。

先生《せんせい》が、マスクを近《ちか》づけてきたときは、この世《よ》の終《お》わりのようなきもちになるらしい。

手術室《しゅじゅつしつ》までいっしょにいってあげたい。できれば、眠《ねむ》るときまで、ベイリーがそばで見《み》まもってあげたい。

なにか、方法《ほうほう》はないのかな。

夜《よる》、家《いえ》でベイリーのブラッシングをしていたら、電話《でんわ》がかかってきた。真子《まこ》ちゃんを担《たん》当《とう》している看護師《かんごし》さんからだ。

「もしもし？」

「優子《ゆうこ》さん、ごめんね。おそい時間《じかん》に。明日《あした》なんだけど、少《すこ》し、はやくこられる？」

「はい、だいじょうぶですけれど。」

ベイリーが役《やく》にたてるなら、何時《なんじ》だっていくつもりだ。

「朝《あさ》、手術《しゅじゅつ》があるの。どうしても、手術室《しゅじゅつしつ》までベイリーについてきてほしいっていう患者《かんじゃ》さんがいるの。」

「ほんとうですか！」

静岡県立《しずおかけんりつ》こども病院《びょういん》は、できるだけ患者《かんじゃ》さんのきもちをたいせつにする看護《かんご》をめざしている。

だから、こどもたちが望《のぞ》むことは、かなえようとしてくれるのだ。

ベイリーが、これだけうけいれてもらえたのも、看護師《かんごし》さんたちの努力《どりょく》のほかに、こどもたちと、そのお父《とう》さんお母《かあ》さんが望《のぞ》んでくれたからだ。

こんどは、手術室《しゅじゅつしつ》のつきそい。

いったいだれが、いってくれたんだろう。

「何時《なんじ》に、どこにいけばいいですか？」

わたしがたずねると、看護師《かんごし》さんが明《あか》るい声《こえ》でこたえた。

「九時《じ》に、真子《まこ》ちゃんの病室《びょうしつ》にお願《ねが》い。」

やっぱり、真子《まこ》ちゃんだ！

『手術室《しゅじゅつしつ》まで、ベイリーがいっしょにいってあげたいんだよね。』

『それ、いいよね。手術《しゅじゅつ》ってこわいもん。』

いつだったか、真子《まこ》ちゃんの病室《びょうしつ》で、そんな会話《かいわ》をしたことがある。

真子《まこ》ちゃんは、そのことをおぼえていてくれたのだ。

その日《ひ》の朝《あさ》、わたしはベイリーを、いつも以上《いじょう》にていねいにブラッシングした。

ベイリーは、ときどき、ぶるぶるっとからだをゆらすことがある。水《みず》にぬれた犬《いぬ》が、水《みず》をふりはらうみたいに。

それをとめることはできないけれど、ベイリーがからだをゆらしても、ベイリーの白《しろ》い毛《け》が落《お》ちないようにしたかった。

「ベイリー。今日《きょう》はね、真子《まこ》ちゃんの手術室《しゅじゅつしつ》までいっしょにいくんだよ。」

ブラッシングの手《て》をとめると、ベイリーは前足《まえあし》でわたしの手《て》にさわる。

(もっとやって。)

ブラッシングはきもちがいいらしく、こうやっておねだりするのだ。

「はいはい、もっとね。ベイリー、いい子《こ》ちゃん。がんばろうね。」


「まーこーちゃん。」

約束《やくそく》の時間《じかん》に真子《まこ》ちゃんの病室《びょうしつ》にいくと、わたしは、いつもとおなじように声《こえ》をかけた。

いつもとおなじ。ふだんどおり。

真子《まこ》ちゃんが、少《すこ》しでも落《お》ちついて手術《しゅじゅつ》をうけられるように。

すると、すでに車《くるま》いすにすわっていた真子《まこ》ちゃんが、笑顔《えがお》でむかえてくれた。

「ベイリー、待《ま》っていたよ！」

ぎゅう。

真子《まこ》ちゃんが、ベイリーを抱《だ》きしめる。

となりに、真子《まこ》ちゃんのお母《かあ》さんがいた。

「さっきまで、こわくて泣《な》いていたのにねえ。」

「えっ、そうなんですか？」

わたしは、びっくりした。目《め》の前《まえ》の真子《まこ》ちゃんは、とてもそんなふうに見《み》えない。

真子《まこ》ちゃんのお母《かあ》さんも、ベイリーのそばにしゃがんで、なでてくれる。

「ベイリー、よろしくね。」

だけどベイリーは、いつもとちょっとちがう気配《けはい》を感《かん》じていたはずだ。

病室《びょうしつ》のドアがあいて、担当《たんとう》の看護師《かんごし》さんがあらわれた。

「じゃ、いこうか。」

「うん。」

真子《まこ》ちゃんは、決心《けっしん》したようにうなずいた。

車《くるま》いすをおされて、真子《まこ》ちゃんは病室《びょうしつ》を出《で》た。

手術室《しゅじゅつしつ》までの、数分《すうふん》の道《みち》。

真子《まこ》ちゃんのななめ前《まえ》を歩《ある》くベイリーは、真子《まこ》ちゃんを応援《おうえん》するように、しっぽを高《たか》くあげて、左右《さゆう》にゆっくりとゆらしている。

真子《まこ》ちゃんは、手《て》をのばして、ときどきベイリーのせなかをさわっている。

「ベイリー、ごきげんだね。」

真子《まこ》ちゃんが、つぶやく。しっぽが高《たか》くあがるのは、ベイリーがよろこんでいるしるし。

「真子《まこ》ちゃんといっしょに歩《ある》けて、うれしいんだよ。」

わたしがそういうと、真子《まこ》ちゃんが笑顔《えがお》になる。

手術室《しゅじゅつしつ》の前《まえ》についた。

自動《じどう》のドアがあくと、看護師《かんごし》さんたちが待《ま》っていた。みんな、カラフルな水玉《みずたま》もようのユニフォームを着《き》ている。こどもたちが、こわがらないためのくふうだ。

「あれえ、ベイリー！」

「ベイリー、いらっしゃーい！」

いっせいに、明《あか》るい声《こえ》がかけられる。

ベイリーが手術室《しゅじゅつしつ》にくるのははじめてだから、手術室《しゅじゅつしつ》の看護師《かんごし》さんたちも、大《おお》よろこびだ。

一瞬《いっしゅん》で、パーティがはじまるまえのような楽《たの》しい雰囲気《ふんいき》になる。

そんななか、真子《まこ》ちゃんはベイリーに手《て》をふると、手術室《しゅじゅつしつ》へと入《はい》っていった。

真子《まこ》ちゃん、がんばれ！

手術《しゅじゅつ》はぶじに成功《せいこう》した。終《お》わったあと、真子《まこ》ちゃんのお母《かあ》さんが教《おし》えてくれた。

麻酔《ますい》がきれて目《め》がさめたとき、真子《まこ》ちゃんがさいしょにいった言葉《ことば》は、

『ベイリーは？』

だったって。

ベイリー、よかったね。

しばらくするとベイリーは、希望《きぼう》する子《こ》には、手術室《しゅじゅつしつ》までつきそえるようになった。手《しゅ》術室《じゅつしつ》の手前《てまえ》の部屋《へや》で、眠《ねむ》るためのマスクをするところまで、いっしょにいて応援《おうえん》できるようにもなった。

真子《まこ》ちゃん、ありがとう。

わたし、いつも真子《まこ》ちゃんに助《たす》けてもらっているね。わたしのほうが、応援《おうえん》しなくちゃいけないのに。

いつも、ほんとうにありがとう。

18 ゆづきくん、お星《ほし》さまになる

わたしとベイリーは、できるだけ時間《じかん》をつくって、ゆづきくんの家《いえ》まで会《あ》いにいった。いくたびに、ゆづきくんはいつもかわいい笑顔《えがお》を見《み》せてくれる。ベイリーと楽《たの》しそうに遊《あそ》んでいる。

そんなおだやかな日々《ひび》が、一年近《ねんちか》くつづいていた。

このまま、ずっといられればいいのに。そう願《ねが》ったけれど、ゆづきくんのガンは、しずかに進《すす》んでいた。

二〇一一年《ねん》七月《がつ》。

夏《なつ》は、ふさふさの毛《け》につつまれたベイリーが散歩《さんぽ》をするには暑《あつ》すぎる。

少《すこ》しでも、すずしいうちにと思《おも》って、わたしは朝《あさ》、はやく起《お》きてベイリーを散歩《さんぽ》につれていっていた。五時前《じまえ》に起《お》きるときもある。

夕方《ゆうがた》もまだ暑《あつ》いから、病院《びょういん》で仕事《しごと》が終《お》わったあとの散歩《さんぽ》も少《すこ》しだけにして、夜《よる》おそく、すずしくなってから一時間《じかん》の散歩《さんぽ》につれていく。

このころは、わたしの眠《ねむ》る時間《じかん》も少《すく》なくなっていたけれど、ゆづきくんの笑顔《えがお》を思《おも》うとどこからか力《ちから》が出《で》てきた。

夏《なつ》の日《ひ》ざしが強《つよ》くなったある日《ひ》、お母《かあ》さんから連絡《れんらく》がきた。

ゆづきくんが、泣《な》いていないのに呼吸《こきゅう》がとまるようになったという。

「病院《びょういん》の先生《せんせい》から、あと二週間《しゅうかん》くらいといわれました。ゆづきの意識《いしき》があるうちに、できるだけベイリーに会《あ》わせてあげたいんです。」

わたしは、すぐにゆづきくんの家《いえ》にベイリーをつれていった。

「ゆづくん、ベイリーきたよ。」

そう声《こえ》をかけながら部屋《へや》に入《はい》る。

すると、もう起《お》きあがる力《ちから》もないはずのゆづきくんが、ふとんからからだを起《お》こした。

「起《お》きた!」

お父《とう》さんとお母《かあ》さんが、びっくりしている。

ゆづきくんに、むりをさせないように、すぐにベイリーを、ゆづきくんのそばにつれていく。

ベイリーがとなりにねころがると、ゆづきくんも安心《あんしん》したように横《よこ》になった。

うれしそうに手《て》をのばし、ベイリーの毛《け》をつかんでいる。

ゆづきくんが、反対《はんたい》むきにねがえりをうって手《て》がとどかなくなると、足《あし》の先《さき》を後《うし》ろにのばして、ベイリーのせなかにちょこんとつけている。

ベイリーにふれているとゆづきくんは、にこにこと笑《わら》っている。

ふと見《み》ると、ベイリーは小《ちい》さな寝息《ねいき》をたてていた。

そばにいるだけで、きもちがあたたかくなる大好《だいす》きな友《とも》だち。

ゆづきくんとベイリーのあいだには、ふしぎな友情《ゆうじょう》みたいなものがあるようだった。

お母《かあ》さんから連絡《れんらく》をもらってから二週間後《しゅうかんご》、ゆづきくんは、お星《ほし》さまになった。

二歳《さい》十か月《げつ》。

とてもとても、短《みじか》い人生《じんせい》だったけれど、なんども手術《しゅじゅつ》をしたり、たいへんな治療《ちりょう》もいっぱいやったけれど、でも、きっと、つらいだけじゃなかったよね。
ベイリーが、いたよね。
ベイリー、ありがとう。
わたし、ハンドラーになってよかったよ。
そして、ゆづくん、ありがとう。
わたし、もっともっと、いいハンドラーになるからね。

19　ベイリーは、がんこちゃん

病院《びょういん》でのベイリーは、すごくいい子《こ》。

犬《いぬ》は、しっぽをさわられるといやがるけれど、ベイリーは、じっとしている。

目《め》の前《まえ》に手《て》を出《だ》されても、ベイリーは、顔《かお》をそむけたりしない。

手《て》に麻痺《まひ》のある子《こ》は、うまく手《て》をうごかすことができずに、ベイリーの顔《かお》に強《つよ》く手《て》をあてってしまうことがある。そんなときも、

（へいきだよ。手《て》がうまくうごかせないこと、ぼく、知《し》っているよ。もっと、さわっていいよ。）

そんな表情《ひょうじょう》で、こどもの手《て》を見《み》つめている。

そういう訓練《くんれん》をうけたからだけれど、ベイリーのもつ、おっとりした性格《せいかく》のおかげもあると思《おも》う。

病院《びょういん》のなかでは、ぜったいに吠《ほ》えない。

『吠《ほ》えない訓練《くんれん》もしているの？』

『ぜったいに、吠《ほ》えないの？』

よくきかれるけれど、それはちがう。

吠《ほ》えない訓練《くんれん》はしていない。病院《びょういん》では吠《ほ》える必要《ひつよう》がないから、吠《ほ》えないだけだ。

ふだんのベイリーは、よく食《た》べ、よく遊《あそ》び、よく吠《ほ》え、よく眠《ねむ》る。

どこにでもいる、ふつうの犬《いぬ》だ。

ううん、ふつうの犬《いぬ》より、わがままで甘《あま》えん坊《ぼう》で、わんぱくかもしれない。


ベイリーは、食《た》べることが大好《だいす》き。

朝夕《あさゆう》のご飯《はん》のほかに、ベイリーにおやつをあげるときがある。

マンションのキッチンのわきにおいてある、おやつ用《よう》のドッグフードの袋《ふくろ》をつかむと、ビニール袋《ぶくろ》のカサカサって音《おと》がする。ベイリーは、すぐにききつけて、目《め》をきらきらさせながらわたしのところにやってくる。

（おやつでしょ！　ちょうだい！）

おすわりしながら、わたしを見《み》あげる顔《かお》には、そう書《か》いてある。

「おやつ？」

と、声《こえ》にしてたずねると、もう、たまらないみたい。

ベイリーの口元《くちもと》からは、よだれが、だら～ん！

「ベイリー、よだれ、よだれ！」

わたしは笑《わら》いながらベイリーの口元《くちもと》にタオルをあてて、よだれをふき、小《ちい》さなドッグフードをあげる。するとベイリーは満足《まんぞく》して、いつもの居場所《いばしょ》の、大《おお》きなクッションにもどっていく。


ベイリーは、散歩《さんぽ》が大好《だいす》き。

とくに、土《つち》の道《みち》を歩《ある》くのが好《す》き。

土《つち》の道《みち》は、草《くさ》や、土《つち》や、虫《むし》や、動物《どうぶつ》など、いろんなにおいがするみたい。

静岡県立《しずおかけんりつ》こども病院《びょういん》のまわりは自然《しぜん》がいっぱいで、ベイリーの大好《だいす》きな散歩《さんぽ》コースがいくつもある。

病院《びょういん》を出《で》たら、一匹《いっぴき》の犬《いぬ》としてベイリーらしく好《す》きなことをしてほしい。

わたしは、病院《びょういん》での仕事《しごと》が終《お》わると、毎日《まいにち》、ちがうコースをえらんで一時間歩《じかんある》く。

ベイリーは、ぐんぐん歩《ある》いたかと思《おも》うと、ときどき、土《つち》のにおいをかいでなにかをさがしている。

ふん、ふん、ふん、ふん。

ベイリーが、地面《じめん》に鼻《はな》をつけるようにして、かいでいるときは注意《ちゅうい》しなくちゃいけない。木《き》の実《み》などが落《お》ちていると、すぐに食《た》べてしまうから。

ベイリーが、においをかぎはじめると、わたしは、ベイリーより先《さき》に見《み》つけようとするんだけれど、やっぱりベイリーのほうがはやい。

ぱくっ！

「！」

あわててベイリーの口《くち》をつかんで、吐《は》きださせる。へんなものを食《た》べてしまうと、おなかをこわしてしまうからたいへんなのだ。

ふん、ふん、ふん。

ベイリーが、さがしているにおいはもうひとつある。

それは、ミミズ。

ミミズのにおいをかぎあてると、前足《まえあし》で土《つち》をほりはじめる。ほったところにせなかをつけて、ごろごろころがりはじめるのだ。

「きゃー、ベイリー！　土《つち》だらけになっちゃう！」

わたしが、あわててもおかまいなし。

犬《いぬ》のなかには、ごろごろと土《つち》まみれになる習性《しゅうせい》がある犬種《けんしゅ》もいるし、ゴールデンレトリバーは、もともと、ハンターがしとめた水鳥《みずとり》をとりにいく仕事《しごと》をしていたから、こうして、ミミズのにおいを自分《じぶん》のからだにつけることで、水鳥《みずとり》に気《き》づかれないようにするといわれている。

だから、しかたないね。

今日《きょう》もまた、お風呂《ふろ》だよ。ドライヤーがきらいでも、しなくちゃだめだよ。

土《つち》がいっぱいついちゃうけれど、病院《びょういん》の外《そと》では、自由《じゆう》なベイリーでいていいからね。

ベイリーは、がんこちゃん。

ベイリーは、散歩《さんぽ》をしているときに、

（こっちにいきたい。）

と、だだをこねることがある。

わたしが決《き》めた散歩《さんぽ》コースを歩《ある》いていても、小学校《しょうがっこう》の前《まえ》で大好《だいす》きなこどもたちの声《こえ》がきこえてきたら、もうたいへん。

「いくよ。」

そういっても、

（いやだ。こどもたちと遊《あそ》びたい！）

口《くち》をへの字《じ》に曲《ま》げて、おしりを地面《じめん》につけて、がんとしてうごかない。

その顔《かお》といったら、病院《びょういん》で見《み》せる表情《ひょうじょう》とはぜんぜんちがう。

わたしが、リードを思《おも》いきりひっぱっても、引《ひ》きずられないように後《うし》ろに体重《たいじゅう》をかけて、

（いやだ！）

と、抵抗《ていこう》する。

体重《たいじゅう》が三十キロもあるベイリーだから、わたしがひっぱってもびくともしない。

楽《たの》しそうな声《こえ》でベイリーを呼《よ》んで、なんとか歩《ある》いてもらうことになる。

気《き》にいった散歩《さんぽ》コースから、もどろうとするときもそう。

（もっと歩《ある》く！）

そんな表情《ひょうじょう》で、立《た》ちどまったまま うごかない。

ベイリーをつれて旅行《りょこう》にいったときは、はじめてとおる道《みち》なのに、わたしがもどろうとするとすぐに立《た》ちどまる。

どうして、そっちが帰《かえ》る方向《ほうこう》だってわかるんだろう。

犬《いぬ》の本能《ほんのう》って、すごい。

（もどらない！　もっと歩《ある》きたい！）

そんな顔《かお》をして、ぜったいに帰《かえ》ろうとしない。

ほんとうに、がんこちゃんなんだから。

好奇心《こうきしん》いっぱいで、やんちゃなベイリー。

ベイリーは、おっちょこちょい。

動物《どうぶつ》には危険《きけん》を感《かん》じる能力《のうりょく》があって、あぶないところには、近《ちか》づかないとよくきく。

でも、ベイリーはちがう。

朝《あさ》の散歩《さんぽ》で、歩《ある》いているときのこと。

静岡《しずおか》には、住宅街《じゅうたくがい》のまわりにたんぼや畑《はたけ》が多《おお》くて、たんぼは、わたしたちが歩《ある》く道《みち》よりも低《ひく》いところにある。

ベイリーは、道《みち》のはじっこぎりぎりのところを、器用《きよう》に歩《ある》いていく。

さすが、ベイリー。そんなはじっこを歩《ある》いていても、落《お》ちないんだ。そう思《おも》ったとたん……落《お》ちた。

ええーっ？

ベイリーは、後《うし》ろの片足《かたあし》をふみはずしたまま、下《した》までころげ落《お》ちないようにじっとしている。

顔《かお》を見《み》ると、

（あのう、落《お》ちちゃいました。）

と、ものすごく、バツが悪《わる》そうな表情《ひょうじょう》をしている。

「ベイリー！」

わたしは、あわてて、ひっぱりあげる。

もう、犬《いぬ》なんだから、しっかりしてよ。

そう思《おも》うけれど、そんなのんびりしたところも大好《だいす》き。

おっちょこちょいで、マイペースが、ベイリーのいいところなのだ。


ベイリーは、おおぜいの人《ひと》や犬《いぬ》といっしょにいるのが大好《だいす》き。

ハワイのADH《エーディーエイチ》で訓練《くんれん》をうけているときから、たくさんの人《ひと》や犬《いぬ》といっしょにいたから、ベイリーは、人《ひと》にかこまれているのが好《す》き。

病院《びょういん》では、たくさんの人《ひと》に会《あ》えるから、散歩《さんぽ》のときよりしっぽが高《たか》くあがることが多《おお》い。

かこまれた広《ひろ》いスペースを、犬《いぬ》が自由《じゆう》に走《はし》りまわれるドッグランも、ほかの犬《いぬ》に会《あ》えるから大好《だいす》き。

ベイリーを思《おも》いっきり走《はし》らせてあげたくて、休《やす》みの日《ひ》にはよく、ドッグランにいく。

ドッグランで、先《さき》に走《はし》りまわっている犬《いぬ》を見《み》つけると、ベイリーは、はやくいっしょに遊《あそ》びたくて、そわそわしちゃう。

「ベイリー、まだ！」

そういっても、ぐいぐいわたしをひっぱっていく。

ベイリーのリードをはずしたとたん、

「わん、わんわん！」

大《おお》きな声《こえ》で吠《ほ》えだす。

太《ふと》くて、元気《げんき》いっぱいのベイリーの声《こえ》。

ベイリーは、友《とも》だちにむかって一直線《いっちょくせん》に走《はし》っていく。

(遊《あそ》ぼう、遊《あそ》ぼう！)

っていっているみたいに。

大《おお》きな犬《いぬ》でも、小《ちい》さな犬《いぬ》でも、ベイリーはすぐに友《とも》だちになる。

なかに一頭《とう》、すごく大《おお》きくて、きりっとした雰囲気《ふんいき》の犬《いぬ》がいる。ちょっと見《み》るとこわそうな感《かん》じ。小《ちい》さな犬《いぬ》は、逃《に》げまわっている。
だけど、ベイリーはへいき。
(ねえ、ねえ、遊《あそ》ぼうよ。)
自分《じぶん》からどんどん、顔《かお》を近《ちか》づけていく。しつこいくらいに。
だけど、相手《あいて》の犬《いぬ》が、
(ちょっと、うるさいよ!)
って、怒《おこ》りはじめるまえにベイリーは、さっと相手《あいて》からはなれる。
そのタイミングの、うまいことといったら。
「この犬《いぬ》は、とくべつな訓練《くんれん》をうけている?」
ドッグランの管理人《かんりにん》さんに、そうきかれたことがある。
「遊《あそ》びかたがうまいのよ。ケンカになる直前《ちょくぜん》で、すっと引《ひ》くの。」
やっぱり、ベイリーは、ほかの犬《いぬ》とちがうんだ。
ベイリーには、人《ひと》のきもちも、犬《いぬ》のきもちも、読《よ》みとる能力《のうりょく》があるんだね、きっと。

そしてベイリーは、甘《あま》えるのが大好《だいす》き。

わたしとベイリーは、二十四時間《じかん》、いっしょにいる。

仕事《しごと》もいっしょ。家《いえ》でもいっしょ。

わたしの家《いえ》のリビングには、低《ひく》いテーブルが置《お》いてある。

ざぶとんにすわって本《ほん》を読《よ》んだり、仕事《しごと》のレポートを書《か》いたりしていると、いつのまにか、ベイリーがわたしのそばにきている。

「ベイリー。どうしたの？」

声《こえ》をかけると、ベイリーは、わたしの横《よこ》にゆっくりとねそべる。

わたしの脚《あし》に、あたまをつけるようにして。

そう。ベイリーは、どこか、くっつくようにして横《よこ》になる。

なでてあげると、目《め》をほそめてしあわせそうな顔《かお》をする。

「ベイリー、いい子《こ》。とんとんとん……。」

お母《かあ》さんが、赤《あか》ちゃんにするように、ベイリーのからだを、とんとん、とたたくと、ベイリーが、安心《あんしん》したように目《め》をとじる。

もう、ねたかなと思《おも》って、たたいている手《て》をとめると、ベイリーはすぐに目《め》をあけて、前足《まえあし》でわたしの脚《あし》をおすようにする。

(もっと、なでて。)

ベイリーのおねだりだ。

「わかったよ。はい。とんとんとん……。」

すると、ベイリーはまた、安心《あんしん》したように目《め》をとじる。

ほんとうに、甘《あま》ったれさん。

オーストラリアからハワイへいき、そしていま、日本《にっぽん》にいるベイリー。

わたしのことを、仲間《なかま》だと信頼《しんらい》してくれているベイリー。

ベイリーが楽《たの》しく生活《せいかつ》できるなら、なんでもしてあげたい。

今年《ことし》の冬《ふゆ》もまた、ベイリーの大好《だいす》きな雪《ゆき》のあるところにつれていってあげよう。

ベイリーは、わたしのたいせつなたいせつな相棒《あいぼう》なのだ。

20 神奈川県立《かながわけんりつ》こども医療《いりょう》センターへ

ファシリティドッグができることは、大《おお》きく分《わ》けるとふたつある。

ひとつは、動物介在活動《どうぶつかいざいかつどう》。AAA《エーエーエー》(Animal Assisted Activity)という。

動物《どうぶつ》が、だれかのそばによりそうようにいて、きもちをやわらげたり、楽《たの》しくさせることを目的《もくてき》とする活動《かつどう》のこと。

静岡県立《しずおかけんりつ》こども病院《びょういん》でこどもたちにさわってもらうのは、このAAA《エーエーエー》だ。

もうひとつは、動物介在療法《どうぶつかいざいりょうほう》、AAT《エーエーティー》(Animal Assisted Therapy)。

〝活動《かつどう》〟ではなく、〝療法《りょうほう》〟。

先生《せんせい》が、患者《かんじゃ》に対《たい》して、ファシリティドッグを使《つか》った治療《ちりょう》プログラムを作《つく》り、治療《ちりょう》そのものにかかわること。

ハワイの病院《びょういん》で、タッカーがおこなっていた男《おとこ》の子《こ》のリハビリ訓練《くんれん》は、まさにこれだ。

犬《いぬ》には、より高度《こうど》な技術《ぎじゅつ》が求《もと》められるけれど、ベイリーは、AAT《エーエーティー》までできる訓練《くんれん》をうけている。

そして、静岡県立《しずおかけんりつ》こども病院《びょういん》では、AAT《エーエーティー》までやらせてもらえるようになってきた。

ベイリーの力《ちから》を、ぜんぶ引《ひ》きだす。

わたしは、やりがいを感《かん》じていた。


二〇一二年《ねん》、春《はる》。

以前《いぜん》から、ファシリテイドッグに興味《きょうみ》があるといってくれていた、神奈川県立《かながわけんりつ》こども医《い》療《りょう》センターのために、ハワイのADH《エーディーエイチ》から二頭《とう》めのファシリテイドッグをつれてくることになった。名前《なまえ》はヨギ。

新《あたら》しい病院《びょういん》に、新《あたら》しくきたばかりのヨギとハンドラーがいって活動《かつどう》をはじめるのはたいへんなので、わたしとベイリーが神奈川県立《かながわけんりつ》こども医療《いりょう》センターにいき、静岡県立《しずおかけんりつ》こども病院《びょういん》は、ヨギたちに担当《たんとう》してもらうことになった。

わたしは、神奈川県立《かながわけんりつ》こども医療《いりょう》センターの人《ひと》たちとなんども話《はな》しあった。

ベイリーは、なにができるのか。

こどもたちにとって、どういう効果《こうか》があるのか。

話《はなし》をするなかで、わたしは、AAT《エーエーティー》までやりたいと伝《つた》えていた。

ベイリーの力《ちから》を、治療《ちりょう》にも使《つか》ってもらいたい。

もっとたくさんのこどもたちを、いろいろな方法《ほうほう》で元気《げんき》づけてあげたい。

そして、神奈川県立《かながわけんりつ》こども医療《いりょう》センターは、AAT《エーエーティー》までいっしょにやりましょうといってくれた。


いまのわたしたちがあるのは、静岡県立《しずおかけんりつ》こども病院《びょういん》のおかげ。

研修《けんしゅう》をうけたばかりのわたしとベイリーが、これだけこどもたちを応援《おうえん》できるようになれたのは、ここで育《そだ》ててもらったからだ。

はなれるのは、ほんとうにさびしかった。

とくに、まだ入院《にゅういん》がつづいていて、ベイリーのことを大好《だいす》きといってくれているこどもたちと別《わか》れるのはつらい。

だけど、二〇一二年《ねん》七月《がつ》、わたしとベイリーは、神奈川県立《かながわけんりつ》こども医療《いりょう》センターに〝転《てん》勤《きん》〟することになった。

わたしとベイリーのために、静岡県立《しずおかけんりつ》こども病院《びょういん》ではベイリーのお別《わか》れ会《かい》をひらいてくれた。病院《びょういん》の講堂《こうどう》には、百人《にん》をこえる人《ひと》たちが集《あつ》まってくれた。

先生《せんせい》、看護師《かんごし》さん、病院《びょういん》の事務《じむ》のみなさん。

入院《にゅういん》しているこどもたち。

元気《げんき》になって退院《たいいん》した、真子《まこ》ちゃんもきてくれた。

亡《な》くなった子《こ》の、お父《とう》さんやお母《かあ》さんもきてくれた。ほんとうは、こどもが亡《な》くなった病院《びょういん》なんてきたくないはずなのに、どうしてもベイリーにお礼《れい》をいいたいと集《あつ》まってくれたのだ。

二年半《ねんはん》のあいだに出会《であ》ったすべての人《ひと》に、ありがとう。

わたしたち、神奈川《かながわ》にいってもがんばります！

二〇一二年《ねん》七月六日《がつむいか》。

神奈川県立《かながわけんりつ》こども医療《いりょう》センターでの、さいしょの日《ひ》。

朝《あさ》、事務局《じむきょく》のある部屋《へや》にいくと、病院《びょういん》の総長《そうちょう》や、院長《いんちょう》、総務課《そうむか》の人《ひと》たちが、わたしたちのために着任式《ちゃくにんしき》をしてくれた。

名前《なまえ》をよばれて前《まえ》に進《すす》みでると、総長《そうちょう》はわたしだけでなくベイリーにも『任命書《にんめいしょ》』をわたしてくれた。

任命書《にんめいしょ》

ベイリー

地方独立行政法人《ちほうどくりつぎょうせいほうじん》神奈川県立病院機構《かながわけんりつびょういんきこう》神奈川県立《かながわけんりつ》こども医療《いりょう》センター委託職員《いたくしょくいん》に任命《にんめい》する

ファシリティドッグに補《ほ》する

平成《へいせい》二十四年《ねん》七月六日《がつむいか》

地方独立行政法人《ちほうどくりつぎょうせいほうじん》神奈川県立病院機構《かながわけんりつびょういんきこう》

神奈川県立《かながわけんりつ》こども医療《いりょう》センター総長《そうちょう》

ベイリーとわたしのひかえ室《しつ》は、総長《そうちょう》や院長《いんちょう》の部屋《へや》のわきに作《つく》ってくれた。そこは、事《じ》務局《むきょく》の広《ひろ》いスペースのなかにあり、部屋《へや》を出《で》ると、総務課《そうむか》の人《ひと》たちの机《つくえ》がならんでいる。

ベイリーは、机《つくえ》のまわりを歩《ある》いて、みんなにあいさつをしてまわる。人《ひと》がいるところが大好《だいす》きなベイリーは、楽《たの》しそうだ。

毎朝《まいあさ》、ひかえ室《しつ》に入《はい》るまえには、あちこちから声《こえ》がかかる。

「ベイリー！」

「おはよう、ベイリー！」

総務課《そうむか》の人《ひと》たちが、ベイリーにあいさつにきてくれる。

(ここには、ぼくのことが好《す》きな人《ひと》がいっぱいいる！)

ベイリーは、ごきげんだった。

神奈川県立《かながわけんりつ》こども医療《いりょう》センターでも、ベイリーはすぐに人気者《にんきもの》になった。

「ベイリー！」

「ベイリー、こっちきて！」

たくさんの病棟《びょうとう》の、たくさんのこどもたちから声《こえ》がかかるから、短《みじか》い時間《じかん》しか、いっしょにいてあげられない。それはそれで、申《もう》しわけないきもちになってしまう。

ひとつの病院《びょういん》に、ファシリティドッグが二頭《とう》、いればいいのに。

そんな、ぜいたくなことを夢《ゆめ》みてしまう。

しばらくして、わたしとベイリーは、緩和《かんわ》ケアチームのメンバーになった。

緩和《かんわ》ケアは、からだやきもちのつらさを、やわらげるおてつだいをするところ。こわい検査《けんさ》や、痛《いた》い処置《しょち》をうけるとき、安全《あんぜん》に、少《すこ》しでもつらくないようにする。

それに、患者《かんじゃ》さんだけでなく、お父《とう》さんやお母《かあ》さん、きょうだいも不安《ふあん》だから、家族《かぞく》のつらさも、やわらげるようにする。

どれも、ベイリーの得意《とくい》とするところだ。

メンバーは、病院《びょういん》の先生《せんせい》、看護師《かんごし》、保健師《ほけんし》、医療《いりょう》ソーシャルワーカー、薬剤師《やくざいし》、臨床心《りんしょうしん》理士《りし》と、そしてわたしたちファシリティドッグとハンドラー。

ベイリーといっしょなら、検査《けんさ》にいける。

ベイリーがいると、使《つか》う薬《くすり》の量《りょう》がへらせる。

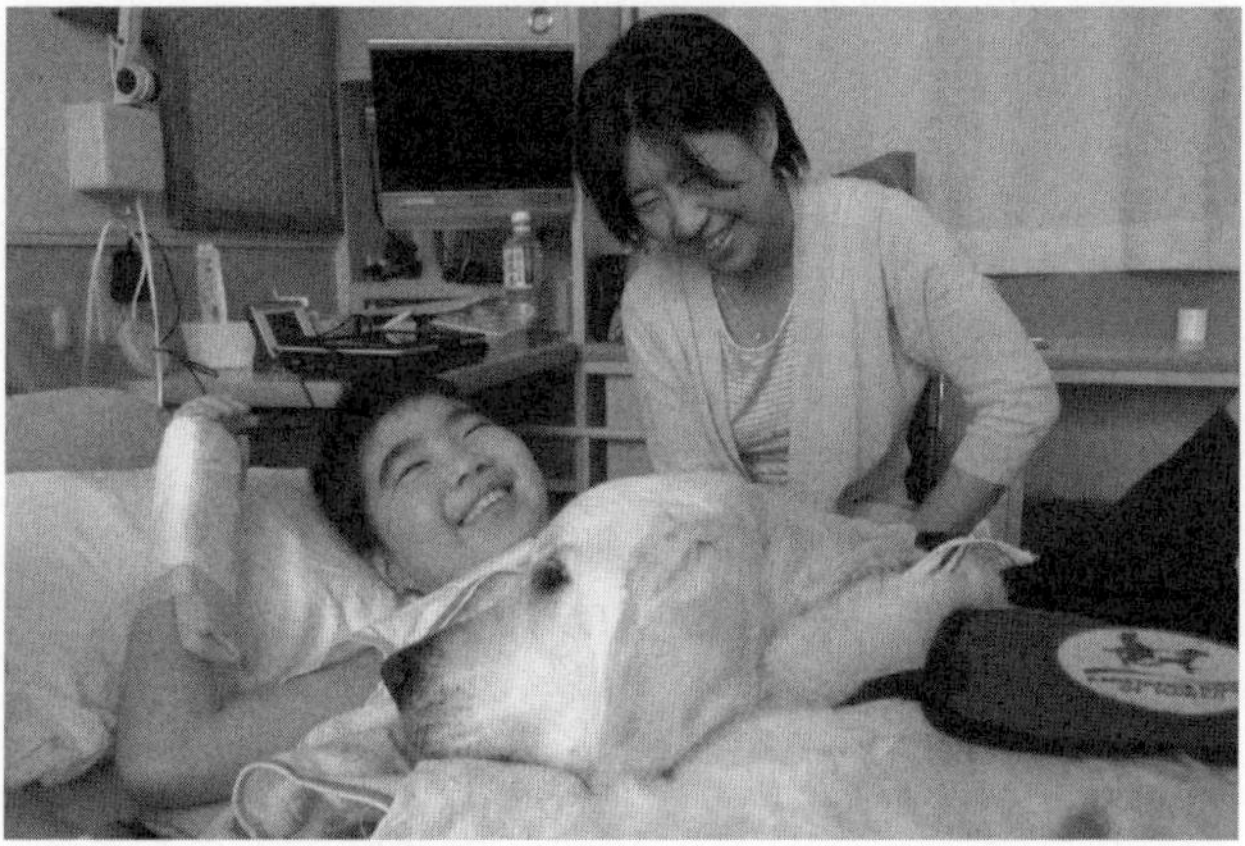

ベイリーは、患者《かんじゃ》さんの家族《かぞく》のつらさも、やわらげてくれる。

ベイリーの効果《こうか》が、すぐに出《で》はじめた。
入院《にゅういん》しているこどもたちが、はやくよくなるように、少《すこ》しでも元気《げんき》づけられるように、わたしはベイリーとなにができるのか、意見《いけん》を出《だ》していった。

先生《せんせい》たちは、わたしがやりたいと伝《つた》えていた、動物介在療法《どうぶつかいざいりょうほう》〝AAT《エーエーティー》〟にも、すぐに取《と》りくんでくれた。

ベイリーはとくに、心《こころ》の病気《びょうき》をもっているこどもたちに効果《こうか》がある。

ベイリーとふれあうと、落《お》ちつくみたいだ。

心《こころ》の病気《びょうき》のこどもたちは、先生《せんせい》や看護師《かんごし》さんには、なかなか話《はなし》をしてくれないけれど、ベイリーといっしょにいるわたしには、心《こころ》をひらいてくれることがある。

「こういう話《はなし》を、きいてみて。」

「どんなことをいっていたか、教《おし》えて。」

わたしは、先生《せんせい》や看護師《かんごし》しかあつかうことができないカルテも、書《か》かせてもらえるようになった。

ハワイでタッカーがやっていたようなリハビリ訓練《くんれん》でも、ベイリーは大《だい》かつやくだった。

「ベイリーのところまで、がんばって！」

こどもたちは、ベイリーといっしょならやる気《き》になって訓練《くんれん》をする。

しかも、その顔《かお》は楽《たの》しそうだ。

「もっとやる！」

ベイリーが待《ま》つところまで歩《ある》ききったこどもは、目《め》を輝《かがや》かせながらそういう。

やらされている、ではなく、自分《じぶん》でやる。

ベイリーは、そういうきもちも、引《ひ》きだしていく。

ハワイのADH《エーディーエイチ》のトレーナーたちの顔《かお》が浮《う》かぶ。

『ベイリーは日本《にっぽん》にいってよかったねって、いってもらえるようにするから。』

ハワイの空港《くうこう》で、ベイリーをつれていくときに約束《やくそく》した言葉《ことば》を思《おも》いだす。

いまなら、はっきりといえる。

ベイリー、日本《にっぽん》で大《だい》かつやくですよ！

21 こどもたちの未来《みらい》

神奈川県立《かながわけんりつ》こども医療《いりょう》センターにきて、三年《ねん》がたったころ、わたしのもとに、真子《まこ》ちゃんから連絡《れんらく》がきた。

「優子《ゆうこ》さん。わたし、看護師《かんごし》の国家試験《こっかしけん》にうかったよ！」

「おめでとう！」

「ベイリーのおかげ。優子《ゆうこ》さんのおかげだよ。」

入院《にゅういん》していたときの、つらい日々《ひび》。学校《がっこう》に通《かよ》えないあいだに、おくれた勉強《べんきょう》をとりもどすのも、そうとうたいへんだったはずだ。だけど、病気《びょうき》をのりこえた真子《まこ》ちゃんは強《つよ》くなり、しっかりと自分《じぶん》の目標《もくひょう》を見《み》つけていた。

患者《かんじゃ》さんのつらさを知《し》っている真子《まこ》ちゃんなら、きっといい看護師《かんごし》さんになれると思《おも》う。

「もっと、ベイリーみたいな犬《いぬ》がふえるといいのに。」

ひさしぶりに、ベイリーに会《あ》いにきてくれた真子《まこ》ちゃんが、ベイリーをなでながらいう。

「そうだね。ファシリティドッグがいる病院《びょういん》が、もっとたくさんできるといいね。」

「優子《ゆうこ》さん、わたしも、患者《かんじゃ》さんのためにがんばるね。」

「うん。がんばって！」

元気《げんき》になった真子《まこ》ちゃんと。

「ベイリー！」

今日《きょう》も病院《びょういん》で、こどもたちがベイリーをよぶ声《こえ》がする。

ベイリーがわたしを見《み》あげる。しっぽが高《たか》く、ゆさゆさとゆれている。

こどもたちが、待《ま》っているよ。

「ベイリー、さあ、いこうか。」

ベイリー、これからもがんばろうね。

あとがき

この本《ほん》は、二〇一一年《ねん》に出版《しゅっぱん》した「ベイリー、大好《だいす》き　セラピードッグと小児病院《しょうにびょういん》のこどもたち」（写真《しゃしん》・澤井秀夫《さわいひでお》さん　小学館《しょうがくかん》）をもとに、青《あお》い鳥文庫《とりぶんこ》の読者《どくしゃ》に読《よ》みやすいように、あらためて追加取材《ついかしゅざい》をして書《か》きおろしたものです。

前回《ぜんかい》、そして、今回《こんかい》と、お世話《せわ》になったたくさんの関係者《かんけいしゃ》のみなさん、そして、つらい状況《じょうきょう》であるにもかかわらず、取材《しゅざい》にご協力《きょうりょく》くださった患者《かんじゃ》さんとそのご家族《かぞく》に、あらためてお礼《れい》を申《もう》し上《あ》げます。

ベイリーが日本《にっぽん》にやってくるきっかけは、ひとりのアメリカ人女性《じんじょせい》の行動力《こうどうりょく》でした。当時《とうじ》、日本《にっぽん》に住《す》んでいたキンバリー・フォーサイスさんは、息子《むすこ》のタイラーくんを小児《しょうに》ガンで亡《な》くしました。生《う》まれてからわずか一か月《げつ》で入院《にゅういん》し、二歳《さい》の誕生日《たんじょうび》の少《すこ》し前《まえ》に亡《な》くなるまで、ずっと病院《びょういん》ですごしていたタイラーくん。タイラーくんのように、病気《びょうき》や怪我《けが》とたたかうこどもたちを応援《おうえん》したい。入院生活《にゅういんせいかつ》を、すこしでも楽《たの》しいものにしてあげたい。そう考《かんが》えたキンバリーさんは、タイラー基金《ききん》を立《た》ちあげて、こども病院《びょういん》のために臨床心理士《りんしょうしんりし》をやとったり、〝勇気《ゆうき》のビーズ〟の活動《かつどう》などをはじめました。あるとき、ハワイをおとずれてファシリティドッグの存在《そんざい》を知《し》ったキンバリーさんは、のちに森田優子《もりたゆうこ》さんと出会《であ》い、日本《にっぽん》ではじめてのファシリティドッグ、ベイリーの活動《かつどう》を実現《じつげん》させたのです。

いま、タイラー基金《ききん》は、シャイン・オン！キッズとして、活動《かつどう》を続《つづ》けています。このように、昔《むかし》と名前《なまえ》が変《か》わっているものは、この本《ほん》を書《か》いているときの名前《なまえ》で統一《とういつ》しています。ベイリーは、日本《にっぽん》にきたころはセラピードッグでしたが、いまは、ファシリティドッグと呼《よ》ばれています。また、ベイリーを育《そだ》てたＨＣＩ《エイチシーアイ》（Hawaii Canines for Independence）も、いまはＡＤＨ《エーディーエイチ》になったので、そのように書《か》いてあります。

ベイリーにだけ注目《ちゅうもく》が集《あつ》まるファシリティドッグの活動《かつどう》ですが、ハンドラーの存在《そんざい》もとても重要《じゅうよう》なのだと思《おも》います。森田《もりた》さんのもちまえのやさしさ、まじめさ、献身的《けんしんてき》な愛情《あいじょう》のそそぎかた。いつも一番《いちばん》に考《かんが》えているのは、こどもたちの笑顔《えがお》です。ベイリーが健康《けんこう》で、毎日《まいにち》を楽《たの》しくすごせなければ、こどもたちを笑顔《えがお》にできない。そのためには、できることはなんでもやる。おかげで、ベイリーは心《こころ》から森田《もりた》さんを信頼《しんらい》し、ふたりはまさに一心同体《いっしんどうたい》です。

「もしいま、火事《かじ》になったら、火《ひ》の海《うみ》に飛《と》びこんででもベイリーを助《たす》けにいきます。」

ときどき森田《もりた》さんは、笑《わら》いながらそんな話《はなし》をしてくれますが、でもそれは決《けっ》して冗談《じょうだん》ではなく、きっと助《たす》けにいっちゃうんだと思《おも》います。

日本《にっぽん》でのファシリティドッグの効果《こうか》は、いまはもう医療系《いりょうけい》の学会《がっかい》でいくつも発表《はっぴょう》され、医学的《いがくてき》にも証明《しょうめい》されています。使《つか》う薬《くすり》が少《すく》なくてすむほか、楽《たの》しくリハビリができること、そして、やらされているではなく、自分《じぶん》でがんばった、という達成感《たっせいかん》が得《え》られること。これから長《なが》い人生《じんせい》をいきていくこどもたちにとっては、すべて大切《たいせつ》なことだと思《おも》います。

現在《げんざい》、日本《にっぽん》にいるファシリティドッグは、神奈川県立《かながわけんりつ》こども医療《いりょう》センターのベイリーと、静岡県立《しずおかけんりつ》こども病院《びょういん》で活動《かつどう》するヨギの二頭《とう》だけです。取材《しゅざい》をつうじて、ベイリーが、どれだけこどもたちを勇気《ゆうき》づけ、力《ちから》になっているか。さらに、そのご家族《かぞく》のきもちをうけとめ、病院《びょういん》ではたらくスタッフの方々《かたがた》のいやしになっているかを目の当《まあ》たりにしてきたひとりとしては、もっとたくさんのファシリティドッグが、こども病院《びょういん》にいるといいと感《かん》じています。さらに、犬《いぬ》が大好《だいす》きなわたしとしては、こども病院《びょういん》だけでなく大人《おとな》の病院《びょういん》にもいてくれたらいいのに。もし、なにかあったらぜったいにその病院《びょういん》を選《えら》ぶのにと思《おも》っています。

最後《さいご》に、ふたつのお星《ほし》さまにお礼《れい》の言葉《ことば》を。

ベイリーが日本《にっぽん》にくるきっかけをつくってくれたタイラーくん、そして、わたしにこの本《ほん》を書《か》く出会《であ》いをくれたリョウスケくん、どうもありがとう。

病気《びょうき》や怪我《けが》とたたかうこどもたちが、すこしでも笑顔《えがお》ですごせますように。

岩貞《いわさだ》るみこ

協力／認定ＮＰＯ法人　シャイン・オン・キッズ

＊著者紹介

岩貞《いわさだ》るみこ

　モータージャーナリスト、ノンフィクション作家。横浜市出身。主な著書に『東京消防庁 芝消防署24時 すべては命を守るために』『救命救急フライトドクター』『青い鳥文庫ができるまで』（以上、講談社）、『しっぽをなくしたイルカ―沖縄美ら海水族館フジの物語―』『ハチ公物語―待ちつづけた犬―』『青い鳥文庫ができるまで』（以上、講談社青い鳥文庫）、『ベイリー、大好き セラピードッグと小児病院のこどもたち』（小学館）などがある。

この作品は書き下ろしです。

講談社　青い鳥文庫

もしも病院《びょういん》に犬《いぬ》がいたら
こども病院《びょういん》ではたらく犬《いぬ》、ベイリー
岩貞《いわさだ》るみこ

2017年3月15日　第1刷発行
2022年1月19日　第9刷発行

（定価はカバーに表示してあります。）

発行者　鈴木章一
発行所　株式会社講談社
東京都文京区音羽2-12-21　郵便番号112-8001
電話　編集（03）5395-3536
販売（03）5395-3625
業務（03）5395-3615

N.D.C.913　188p　18cm
装　丁　タカハシデザイン室
久住和代
印　刷　図書印刷株式会社
製　本　図書印刷株式会社
本文データ制作　講談社デジタル製作

KODANSHA

ISBN978-4-06-285608-9

おもしろい話がいっぱい！

コロボックル物語

だれも知らない小さな国　佐藤さとる
豆つぶほどの小さないぬ　佐藤さとる
星からおちた小さな人　佐藤さとる
ふしぎな目をした男の子　佐藤さとる
小さな国のつづきの話　佐藤さとる
コロボックル童話集　佐藤さとる
小さな人のむかしの話　佐藤さとる

モモちゃんとアカネちゃんの本

ちいさいモモちゃん　松谷みよ子
モモちゃんとプー　松谷みよ子
モモちゃんとアカネちゃん　松谷みよ子
ちいさいアカネちゃん　松谷みよ子
アカネちゃんとお客さんのパパ　松谷みよ子
アカネちゃんのなみだの海　松谷みよ子

龍の子太郎　松谷みよ子
ふたりのイーダ　松谷みよ子

クレヨン王国 シリーズ

クレヨン王国の十二か月　福永令三
クレヨン王国の花ウサギ　福永令三
クレヨン王国　新十二か月の旅　福永令三
クレヨン王国　いちご村　福永令三
クレヨン王国　超特急24色ゆめ列車　福永令三
クレヨン王国　黒の銀行　福永令三

キャプテン シリーズ

キャプテンはつらいぜ　後藤竜二
キャプテン、らくにいこうぜ　後藤竜二
キャプテンがんばる　後藤竜二

霧のむこうのふしぎな町　柏葉幸子

地下室からのふしぎな旅　柏葉幸子
天井うらのふしぎな友だち　柏葉幸子
りんご畑の特別列車　柏葉幸子

かくれ家は空の上　柏葉幸子
ふしぎなおばあちゃん×12　柏葉幸子
魔女モティ(1)〜(2)　柏葉幸子
大どろぼうブラブラ氏　角野栄子
ママの黄色い子象　末吉暁子
でかでか人とちびちび人　立原えりか
ユタとふしぎな仲間たち　三浦哲郎
さすらい猫ノアの伝説(1)〜(2)　重松　清
少年H(上)(下)　妹尾河童
南の島のティオ　池澤夏樹
だいじょうぶ3組　乙武洋匡
ぼくらのサイテーの夏　笹生陽子
楽園のつくりかた　笹生陽子
リズム　森　絵都
DIVE《ダイブ》!!(1)〜(4)　森　絵都
十一月の扉　高楼方子
ロードムービー　辻村深月
十二歳　椰月美智子
しずかな日々　椰月美智子
旅猫リポート　有川　浩

幕が上がる　平田オリザ／原作　喜安浩平／脚本　古閑万希子／文
ルドルフとイッパイアッテナ 映画ノベライズ　斉藤　洋／原作　加藤陽一／脚本　桜木日向／文
超高速！ 参勤交代 映画ノベライズ　土橋章宏／脚本　時海結以／文

日本の名作

源氏物語　紫　式部
平家物語　高野正巳
坊っちゃん　夏目漱石
吾輩は猫である(上)(下)　夏目漱石
くもの糸・杜子春　芥川龍之介
伊豆の踊子・野菊の墓　川端康成　伊藤左千夫
宮沢賢治童話集
1 注文の多い料理店　宮沢賢治
2 風の又三郎　宮沢賢治
3 銀河鉄道の夜　宮沢賢治
4 セロひきのゴーシュ　宮沢賢治

耳なし芳一・雪女　小泉八雲
舞姫　森　鷗外
次郎物語(上)(下)　下村湖人
走れメロス　太宰　治
怪人二十面相　江戸川乱歩
少年探偵団　江戸川乱歩
二十四の瞳　壷井　栄
ごんぎつね　新美南吉

ノンフィクション

ほんとうにあった話

川は生きている　富山和子
道は生きている　富山和子
森は生きている　富山和子
お米は生きている　富山和子
窓ぎわのトットちゃん　黒柳徹子
トットちゃんとトットちゃんたち　黒柳徹子
五体不満足　乙武洋匡
白旗の少女　比嘉富子

飛べ！ 千羽づる　手島悠介
マザー・テレサ　沖　守弘
アンネ・フランク物語　小山内美江子
サウンド・オブ・ミュージック　谷口由美子
しっぽをなくしたイルカ　岩貞るみこ
命をつなげ！ ドクターヘリ　岩貞るみこ
ハチ公物語　岩貞るみこ
ゾウのいない動物園　岩貞るみこ
青い鳥文庫ができるまで　岩貞るみこ
もしも病院に犬がいたら　岩貞るみこ
読書介助犬オリビア　今西乃子
しあわせになった捨てねこ　今西乃子／原案　青い鳥文庫／編
はたらく地雷探知犬　大塚敦子
タロとジロ 南極で生きぬいた犬　東　多江子
盲導犬不合格物語　沢田俊子
海よりも遠く　白石康次郎／原案　和智正喜
ぼくは「つばめ」のデザイナー　水戸岡鋭治
ほんとうにあった オリンピックストーリーズ　日本オリンピック・アカデミー／監修
ほんとうにあった 戦争と平和の話　野上　暁／監修
ピアノはともだち 奇跡のピアニスト 辻井伸行の秘密　こうやまのりお
ウォルト・ディズニー伝記　ビル・スコロン

「講談社《こうだんしゃ》 青《あお》い鳥《とり》文庫《ぶんこ》」刊行《かんこう》のことば

太陽《たいよう》と水《みず》と土《つち》のめぐみをうけて、葉《は》をしげらせ、花《はな》をさかせ、実《み》をむすんでいる森《もり》。小《こ》鳥《とり》や、けものや、こん虫《ちゅう》たちが、春《はる》・夏《なつ》・秋《あき》・冬《ふゆ》の生活《せいかつ》のリズムに合《あ》わせてくらしている森《もり》。森《もり》には、かぎりない自然《しぜん》の力《ちから》と、いのちのかがやきがあります。

本《ほん》の世界《せかい》も森《もり》と同《おな》じです。そこには、人間《にんげん》の理想《りそう》や知恵《ちえ》、夢《ゆめ》や楽《たの》しさがいっぱいつまっています。

本《ほん》の森《もり》をおとずれると、チルチルとミチルが「青《あお》い鳥《とり》」を追《お》い求《もと》めた旅《たび》で、さまざまな体験《たいけん》を得《え》たように、みなさんも思《おも》いがけないすばらしい世界《せかい》にめぐりあえて、心《こころ》をゆたかにするにちがいありません。

「講談社《こうだんしゃ》 青《あお》い鳥《とり》文庫《ぶんこ》」は、七十年《ねん》の歴史《れきし》を持《も》つ講談社《こうだんしゃ》が、一人《ひとり》でも多《おお》くの人《ひと》のために、すぐれた作品《さくひん》をよりすぐり、安《やす》い定価《ていか》でおおくりする本《ほん》の森《もり》です。その一さつ一さつが、みなさんにとって、青《あお》い鳥《とり》であることをいのって出版《しゅっぱん》していきます。この森《もり》が美《うつく》しいみどりの葉《は》をしげらせ、あざやかな花《はな》を開《ひら》き、明日《あす》をになうみなさんの心《こころ》のふるさととして、大《おお》きく育《そだ》つよう、応援《おうえん》を願《ねが》っています。

昭和《しょうわ》五十五年《ねん》十一月《がつ》

講談社